리 경찰청,
브르 가 36번지

교차로의 밤

SIMENON

Maigret

교차로의 밤

SIMENON
Maigret

조르주 심농 · 이상해 옮김

매그레 시리즈 **06**

1

검은색 외알박이 안경

매그레 반장이 지쳤다는 듯 한숨을 내쉬며 팔꿈치를 괴고 있던 책상에서 의자를 뒤로 밀치며 일어선 것은 카를 안데르센의 심문이 시작된 지 정확하게 열일곱 시간만이었다.

그들은 커튼 없는 창들 너머로, 점심시간에 생미셸 광장 곳곳에 있는 싸구려 간이식당으로 떼 지어 몰려가는 여자 재봉사와 사무원들, 이어서 인적 뜸한 오후 거리, 그리고 오후 6시 지하철과 기차 역으로 몰려가는 퇴근 행렬, 아페리티프 한잔 걸치고 유유자적 산책에 나선 사람들을 보았다.

센 강은 안개에 감싸여 있었다. 마지막 예인선이 녹색과 적색 등을 번쩍이며 바지선 세 척을 끌고 갔다. 마지막 버스. 마지막 지하철. 영화관 직원이 길에 내놨던 광고판을 들여놓고 철책 문을 닫았다…….

매그레가 일하는 사무실의 난로가 더 격하게 식식거리는 듯했다. 탁자 위에는 빈 맥주병과 먹다 남은 샌드위치들이 굴러다녔다.

어디선가 불이 났는지 소방차들이 지나가는 소리가 요란스레 들려왔다. 일제 단속도 있었다. 새벽 2시쯤 경찰청을 나선 단속 차가 얼마 후 유치장 안마당으로 돌아와서는 전리품을 부려 놓았다.

심문은 계속됐다. 매그레는 피로도에 따라 한 시간 혹은 두 시간마다 단추를 눌렀다. 그러면 옆 사무실에서 잠시 눈을 붙이고 있던 뤼카 형사가 와서 반장이 기록해 놓은 것을 쓱 훑어보고는 교대를 해줬다.

매그레는 뤼카에게 심문을 맡기고 야전 침대에 몸을 누이러 갔다. 새로운 에너지를 충전해 돌아오기 위해.

경찰청은 거의 비어 있었다. 누군가가 오락가락하고 있는 풍기 단속반을 빼고는. 새벽 4시쯤에 마약 밀매꾼을 체포해 끌고 온 형사가 즉석에서 심문을 벌이고 있었다.

센 강은 점점 하얗게 변해 가는 뿌연 안개의 후광에 젖어 들었다. 동이 트는가 싶더니 텅 빈 둑들이 훤하게 밝아 왔다. 발소리가 복도에 울려 퍼졌다. 전화벨 소리. 누군가를 불러 대는 소리. 쾅 하고 문들이 닫히는 소리. 청소부 아줌마들이 비질하는 소리.

매그레는 뜨겁게 달궈진 파이프를 탁자에 내려놓고 일

어나서, 기분은 뭐 같지만 참 대단하다는 눈길로 맞은편에 앉아 있는 남자를 머리끝에서 발끝까지 찬찬히 훑어봤다.

장장 열일곱 시간에 걸친 강도 높은 심문! 그들은 우선 사내에게 신발 끈, 부착식 옷깃, 넥타이를 풀게 했고, 주머니를 모두 비우게 했다.

처음 네 시간 동안 그들은 그를 사무실 한가운데 세워 놓고 기관총 쏘듯 질문을 마구 퍼부었다.

「목마르시오……?」

매그레가 맥주를 네 병째 비우고 있을 때였다. 사내는 창백한 미소를 지어 보이고는 반장이 내미는 맥주를 받아 벌컥벌컥 들이켰다.

「시장하진 않소……?」

그들은 그에게 앉으라고, 곧이어 다시 일어서라고 했다. 그는 일곱 시간째 아무것도 먹지 못한 상태였다. 그가 샌드위치를 게걸스럽게 씹어 삼키는 동안에도 그들은 심문을 계속했다.

그들은 번갈아 가며 그를 심문했다. 그 덕에 단조로운 심문의 압박에서 벗어나 교대로 눈도 붙이고 굳은 몸도 풀 수 있었다.

그럼에도 그들이 먼저 항복하고 만 것이다! 매그레는 어깨를 으쓱하고는 서랍을 열어 차가운 파이프를 찾으면서, 축축이 젖은 이마를 소매로 닦았다.

반장에게 가장 깊은 인상을 심어 준 것은 사내의 육체적, 정신적 지구력이 아니라, 그가 끝까지 지켜 낸 우아함, 기품이었다.

아무리 사교계 인사라 할지라도, 몸수색을 당한 다음 넥타이도 안 맨 채 몸수색실을 나와, 감식반 사무실에서 수많은 범죄자와 함께 벌거벗은 채 사진기 앞에서 신체 측정 의자로 끌려 다니며, 이리 치이고 저리 떠밀리며, 몇몇 경찰의 모욕적인 농담을 들어 가며 한 시간을 보낸 후에도 그런 침착성을 유지하는 경우는 극히 드물다. 설사 사생활에서는 그런 품성이 그가 가진 개성의 일부라 할지라도.

그렇게 끌려다니다 몇 시간 동안 강도 높은 심문까지 받았는데도 그 사람에게 시정잡배와 구별되는 뭔가가 아직 남아 있다면, 그것은 거의 기적이라 할 수 있다.

하지만 카를 안데르센은 조금도 흐트러지지 않았다. 양복은 구겨지고 후줄근했지만, 그에게는 수사국 사람들로서는 좀처럼 볼 기회가 없는 우아함, 절제와 꼿꼿함, 그리고 무엇보다 외교계 인사들의 전유물이라 할 수 있는, 거만함이 살짝 밴 귀족의 우아함이 남아 있었다.

그는 매그레보다 키도 더 크고 어깨도 더 넓었지만 유연하고 호리호리했으며 허리가 잘록했다. 길쭉한 얼굴은 창백했고, 입술은 살짝 변색되어 있었다.

그는 왼 눈에 검은색 외알박이 안경을 쓰고 있었다.

「그것 좀 벗어 보시오.」 매그레가 명령했다.

그가 희미하게 미소 지으며 안경을 벗었다. 불쾌하게 한곳만 응시하는 유리 눈알이 드러났다.

「사고?」

「예, 비행기 사고…….」

「참전했소?」

「전 덴마크 사람입니다. 전쟁에 나갈 이유가 없었죠. 그곳에 있을 때 관광용 비행기를 한 대 갖고 있었습니다…….」

이목구비가 반듯한 젊은 얼굴에 박힌 그 인공 눈알이 심히 거슬렸던 매그레가 낮게 말했다.

「다시 써도 됩니다…….」

안데르센은 그들이 자신을 계속 세워 두거나, 깜빡 잊고 마실 것이나 먹을 것을 주지 않아도 불평 한마디 하지 않았다. 그는 자기 자리에서 거리의 움직임, 다리를 건너는 전차와 버스, 해 질 무렵의 붉게 물든 태양 광선, 그리고 이제 맑은 4월 아침의 생기 넘치는 거리를 볼 수 있었다.

그는 단 한 번도 흐트러지지 않고 줄곧 곧은 자세를 유지했다. 피로의 기색이라고는 오른쪽 눈 아래 가늘고 깊게 팬 다크서클뿐이었다.

「당신이 한 모든 진술을 고수하겠소?」

「예.」

「그게 도무지 말이 안 된다는 사실은 알고 있소?」

「알고 있지만, 거짓말을 할 수는 없지요.」

「증거 불충분으로 풀려나길 바라는 게요?」

「전 아무것도 바라지 않습니다.」

거의 느껴지지 않던 외국어 억양이, 피로가 쌓여 감에 따라 조금씩 두드러졌다.

「이제 심문 조서에 서명을 해야 하는데, 그 전에 다시 읽어 주길 원하오?」

차 권유를 사양하는 사교계 인사의 희미한 몸짓.

「그럼 대충 요약해 주리다. 당신은 3년 전에 누이 엘세와 함께 프랑스로 건너왔소. 파리에서 한 달을 지냈고, 그 후에는 파리에서 에탕프로 이어지는 국도변, 아르파종에서 3킬로미터 거리에 있는 일명 〈세 과부 교차로〉에 시골집 하나를 얻었소.」

카를 안데르센이 가볍게 고개를 끄덕여 동의했다.

「당신 오누이는 3년 전부터 그곳에서 고립된 생활을 하고 있소. 지역 주민들이 당신 누이를 채 다섯 번도 못 봤을 정도로. 이웃들과도 교류가 전혀 없고. 당신은 5마력짜리 구 모델 자동차를 한 대 구입했고, 그 차를 몰고 아르파종으로 직접 장을 보러 다니오. 한 달에 한 번씩 파리도 방문하고.」

「9월 4일 가에 있는 〈메종 뒤마 에 피스〉에 제가 작업한 것을 갖다 주기 위해서죠, 맞습니다!」

「실내 장식용 직물의 밑그림을 제작하는 일이죠. 한 건당 5백 프랑에, 월 평균 네 건을 하니까, 2천 프랑을 버는 셈이고…….」

또다시 동의의 끄덕임.

「당신은 친구가 없소. 당신 누이도 마찬가지고. 토요일 저녁, 당신은 평소처럼 밤 10시쯤에 잠자리에 들었소. 역시 평소와 다름없이 누이를 당신 침실 맞은편 침실에 가두고 문을 잠근 후에. 그녀가 겁이 많아서 그런다고 당신은 설명했소……. 넘어갑시다! ……일요일 아침 7시, 당신 집에서 1백 미터 떨어진 단독 주택에 거주하는 보험업자 에밀 미쇼네 씨가 차고에 들어갔다가 자신의 유명 상표 6기통 새 차 대신 당신의 고물 차가 주차돼 있는 것을 발견하게 됩니다.」

안데르센은 동요하지 않았다. 다만, 평상시 담배가 들어 있었던 게 분명한 빈 주머니로 무의식중에 손을 가져갔다.

「며칠 전부터 동네방네 자신의 새 차 자랑을 하고 다닌 미쇼네 씨는 누가 못된 장난을 친 거라고 생각합니다. 당신 집으로 찾아간 그가 철책 문이 잠겨 있는 것을 발견하고는 초인종을 울려 대지만 아무도 나와 보지 않죠. 30분 후, 미쇼네 씨에게서 황당한 사연을 전해 들은 군경대가 당신 집으로 출동합니다……. 당신도, 당신 누이도 집에 없었소……. 대신 그들은 당신 차고에서 미쇼네 씨의 새 차와, 운전석에 엎드린 채 죽어 있는 한 남자를 발견하죠……. 가슴에 대고 쏜 총에 맞아 죽은……. 범인은 그의 신분증을 훔쳐 가지 않았소……. 그는 이자크 골드베르그라는 이름을 가진 안트베르펜의 다이아몬드 상인이었소…….」

매그레는 말을 하면서 난로에 땔감을 채웠다.

「군경대는 서둘러 아르파종 역으로 연락을 취하고, 당신이 누이와 함께 파리행 첫 기차에 오르는 것을 봤다고 증언하는 직원들이 나옴으로써…… 당신들은 둘 다 파리 오르세 역에 도착하자마자 체포됩니다……. 그런데 당신은 모든 걸 부인하고 있소…….」

「전 누구든 살해한 적이 없습니다…….」

「이자크 골드베르그와도 모르는 사이고……?」

「안면조차 없습니다. 숨이 끊어진 채로, 제 차고에서, 제 것이 아닌 차 운전석에 엎드려 있는 그를 처음 봤습니다…….」

「당신은 경찰에 알리지 않고 누이를 데리고 줄행랑을 쳤소…….」

「겁에 질려서…….」

「덧붙일 말 없소?」

「없습니다!」

「토요일 밤에 아무 소리도 못 들었다는 진술 역시 고수하겠소?」

「전 한번 잠이 들면 업어 가도 모릅니다.」

그가 기왕에 했던 진술을 정확하게 반복한 게 벌써 다섯 번째였다. 지치고 짜증이 난 매그레가 벨을 눌렀다. 뤼카 형사가 왔다.

「곧 돌아오겠네!」

매그레 반장과 사건을 배당받은 코멜리오 수사 판사의 대담이 약 15분간 이어졌다. 수사 판사는, 말하자면, 이미 기권할 생각을 하고 있었다.

「이번 사건, 다행스럽게도 10년에 한 번 있을까 말까한, 절대 진상이 밝혀지지 않을 그런 사건이 될 겁니다! ……그런데 그게 하필이면 나한테 떨어진 거죠! ……모든 게 도무지 앞뒤가 맞지 않아요! ……왜 자동차가 뒤바뀐 거죠? ……왜 안데르센은 차고에 있는 자동차를 이용하지 않고 기차를 타러 아르파종까지 걸어갔을까요……? 그리고 그 다이아몬드 상인은 세 과부 교차로에는 뭐하러 갔을까요……? 내 말 믿으세요, 매그레 반장! 이 사건, 나에게나 당신에게나 두고두고 골칫거리가 될 겁니다……. 그러니 그냥 풀어 주세요……. 그 사람, 열일곱 시간이나 심문을 버텨 냈다면, 더 오래 붙들고 있어 봤자 아무것도 안 나올 거라고 생각해도 크게 틀리지 않을 겁니다…….」

잠을 거의 못 잔 반장의 눈꺼풀은 약간 붉게 충혈되어 있었다.

「누이라는 여자는 만나 보셨소?」

「아뇨! 경찰이 안데르센을 제게 데려온 건 군경대가 범죄 현장에서 심문을 벌이겠다며 그 아가씨를 이미 집으로 데려간 후였습니다. 그녀는 그냥 집에 남았죠. 경찰이 감시하고 있고요.」

두 사람은 악수를 나누었다. 매그레는 사무실로 돌아갔다. 전혀 초조한 기색 없이 창유리에 이마를 댄 채 기다리고 있는 안데르센을 뤼카 형사가 무기력한 표정으로 지켜보고 있었다.

「당신, 석방이오!」 반장이 문턱을 넘자마자 말했다.

안데르센은 크게 반색하지 않았다. 다만, 넥타이 없는 맨목과 입을 쩍 벌린 신발을 가리키는 모호한 몸짓을 했을 뿐이다.

「압수한 소지품은 보관소에서 돌려줄 거요. 물론 당신은 아직 수사국 관할하에 있소. 도주라도 시도했다간 유치장행인 줄 아시오.」

「제 누이는……?」

「집에 가면 있을 거요…….」

하지만 그 덴마크인도 사무실 문턱을 넘어서면서는 감정이 북받쳐 오른 게 분명했다. 외알박이 안경을 벗고는 없어진 눈의 언저리를 손으로 더듬었으니까.

「감사합니다, 반장님…….」

「천만에!」

「제 명예를 걸고 말씀드리건대, 전 결백합니다…….」

「명예를 걸 것까지야!」

안데르센은 고개 숙여 인사를 하고는 뤼카가 보관소로 안내해 주기를 기다렸다.

대기실에 있던 누군가가 그 장면을 목격하고는 경악과 분노에 찬 표정으로 벌떡 일어나 매그레를 향해 달려왔다.

「어떻게 된 겁니까……? 저자를 풀어 주시는 겁니까……? 이럴 수는 없습니다, 반장님…….」

그 사람은 6기통 새 차의 주인인 보험업자 미쇼네 씨였다. 마구잡이로 사무실로 들어온 그가 모자를 벗어 탁자에 내려놓았다.

「제가 온 건 무엇보다 자동차 때문이에요.」

나름대로 신경을 썼지만 어딘지 부자연스러워 보이는

옷차림. 포마드 바른 콧수염 끄트머리를 끊임없이 들어 올리는 손동작. 그는 키가 작고 머리가 희끗희끗한 중년 남성이었다.

그는 입술을 쑥 내밀고 애써 단호한 동작들을 취해 가며, 단어를 골라 가며 말했다.

그는 고소인이었다! 따라서 법의 보호를 받아 마땅한 사람이었다! 말하자면 일종의 영웅이 아닌가?

그는 결코 주눅 들지 않을 것이다! 경찰청 전체가 그의 말에 귀를 기울여야 했다.

「바라건대 곧 만나게 되실 미쇼네 부인과 간밤에 긴 대화를 나눴습니다……. 그녀도 저와 같은 의견입니다……. 그녀의 부친은 몽펠리에 고등학교에서 교편을 잡으셨고, 모친은 피아노 개인 교습을 하셨습니다……. 제가 이 말씀을 드리는 것은…… 간단히 말해……」

〈간단히 말해〉, 그것은 그가 즐겨 쓰는 말이었다. 그는 그 말을 단호하면서도 거만한 말투로 발음했다.

「간단히 말해, 최대한 빨리 결정이 내려져야만 합니다……. 다들 그렇듯이, 아브랭빌 백작님을 비롯한 대부분의 부자들이 그렇듯이, 저도 그 차를 할부로 구입했습니다……. 현금을 주고 살 수도 있었지만, 목돈을 그렇게 묶어 버리는 건 바보 같은 일이죠……. 방금 언급한 아브랭빌 백작님도 스포츠카 이스파노를 구입하실 때 그렇게 하셨습니다……. 간단히 말해…….」

매그레는 한숨만 길게 내쉬었을 뿐 꿈쩍도 하지 않았다.

「직업상 꼭 필요하기 때문에 전 자동차 없이는 지낼 수가 없습니다……. 제 이동 반경이 아르파종을 중심으로 30킬로미터에 달한다는 점을 생각해 보세요……. 미쇼네 부인도 저와 의견이 같습니다……. 저희는 살해당한 남자가 타고 있던 차는 더 이상 원치 않습니다……. 필요한 조치를 취하는 것, 즉 같은 가격에 같은 종류의 새 차를, 연분홍색 중에서 제가 직접 고른다는 점만 빼놓고 이전 것과 동일한 차를 저희에게 제공하는 것이 사법 당국이 해야 할 몫이죠……. 게다가 기껏 길을 들여 놨는데, 이렇게 되면 저로서는…….」

「하실 말씀이 그게 답니까?」

「앗, 죄송합니다!」

그것 역시 그가 즐겨 사용하는 말이었다.

「죄송합니다, 반장님! 물론 저야 이곳 사정에 대한 제 지식과 경험을 총동원해 반장님을 도와 드릴 준비가 되어 있습니다……. 하지만 차가 워낙 급한지라…….」

매그레가 손으로 이마의 땀을 훔쳤다.

「그럼 머잖아 댁으로 찾아뵙도록 하죠…….」

「차는요……?」

「조사가 끝나면 돌려 드릴 겁니다……」

「말씀드렸다시피 미쇼네 부인과 저는……」

「미쇼네 부인에게 안부 인사 전해 주십시오! ……그럼 안녕히, 미쇼네 씨……」

워낙 순식간에 벌어진 일이라 보험업자가 항의할 시간조차 없었다. 그는 어느새 누군가 억지로 손에 쥐여 준 모자를 든 채 층계참에 나와 있었다. 사무실 사환이 그에게 외쳤다.

「이쪽으로 나가시면 돼요! 왼쪽 첫 번째 층계…… 맞은편 문……」

매그레는 열쇠를 두 바퀴 돌려 문을 잠그고, 진한 커피를 타기 위해 난로에 물 주전자를 올렸다.

동료들은 매그레가 일을 하고 있다고 생각했다. 하지만 한 시간 후 안트베르펜에서 전보가 도착했을 때 그들은 그를 깨워야만 했다. 전보 내용은 이랬다.

이자크 골드베르그, 45세, 현지에서 꽤 알려진 다이아몬드 중개상. 사업 규모는 중간. 은행 신용 상태는 좋음. 매주 기차나 비행기로 암스테르담, 런던, 파리를 순회하며 상품을 소개.

보르헤르호우트의 캉핀 가에 고급 저택 소유. 기혼. 각각 8세, 12세인 두 아이의 아버지.

골드베르그 부인이 비보를 전해 듣고 기차 편으로 파

리로 출발.

오전 11시, 전화벨이 울렸다. 뤼카 형사였다.

「여보세요! 저 지금 세 과부 교차로에 와 있습니다. 안데르센의 집에서 2백 미터 떨어진 정비소에서 전화드리는 겁니다……. 덴마크인은 집으로 들어갔고요……. 철책문이 닫혔습니다……. 특별한 건 없습니다…….」

「누이는……?」

「아마 집에 있을 겁니다. 하지만 보지는 못했습니다…….」

「골드베르그의 시신은?」

「아르파종 해부실에요…….」

매그레도 리샤르 르누아르 가에 있는 자기 집으로 돌아갔다.

「많이 피곤해 보이네요!」 아내가 말했다.

「정장 한 벌하고 갈아 신을 신발 한 켤레 챙겨서 가방 좀 꾸려 줘.」

「오래 걸릴 것 같아요……?」

불 위에서 스튜가 끓고 있었다. 침실 창문은 열려 있었고, 침대보는 통풍을 시키느라 젖혀 놓았다. 매그레 부인은 경황이 없어, 머리카락을 작고 단단한 공처럼 고정하는 핀들도 미처 빼지 못한 상태였다.

　「다녀오겠소…….」

　매그레가 아내에게 입을 맞추며 말했다. 매그레가 문을 열고 나가는 순간, 부인이 지적했다.

　「당신 오늘 오른손으로 문을 여네요…….」

　그것은 그의 습관에 반하는 일이었다. 그는 늘 왼손으로 문을 열었다. 그리고 매그레 부인은 미신에 연연하는 자신의 성향을 감추지 않았다.

　「무슨 사건이에요……? 범죄 조직……?」

　「나도 몰라.」

　「멀리 가요?」

　「그것도 아직은 모르겠소.」

　「조심해요, 알았죠……?」

　하지만 매그레는 이미 층계를 내려가고 있었고, 돌아보는 둥 마는 둥 아내에게 손을 흔들어 보였다. 대로로 나온 그는 택시를 불러 세웠다.

　「오르세 역으로 갑시다. ……아니, 그러지 말고…… 아르파종까지 얼마면 되겠소? ……돌아오는 것까지 해서 3백 프랑, 어떻소? ……갑시다!」

　그것은 흔히 있는 일이 아니었다. 하지만 그는 지칠 대로 지쳐 있었다. 눈꺼풀을 짓누르는 잠을 쫓기가 무척이나 힘들었다.

아무리 그렇기로서니! 아마도 좀 의외라는 인상을 받아서였을까? 그가 그런 인상을 받은 건 문을 오른손으로 열었기 때문도, 사라진 미쇼네의 차가 안데르센의 차고에서 살해된 남자와 함께 발견된 황당한 이야기 때문도 아니었다.

그의 심사를 어지럽힌 건 오히려 카를 안데르센이라는 인물의 개성이었다.

「열일곱 시간이나 물고 늘어졌는데도!」

산전수전 다 겪은 왈패, 유럽 전역의 경찰서를 제집 드나들듯 드나든 사기꾼도 그처럼 강도 높은 심문은 견뎌 내지 못했다.

매그레가 안데르센을 풀어 준 것도 어쩌면 그 때문일지 몰랐다!

그럼에도 그는 부르라렌부터는 택시 좌석 깊숙이 몸을 묻고 혼곤한 잠에 빠져들었다. 운전기사가 초가지붕을 씌운, 아르파종의 옛 장터 앞에서 그를 깨웠다.

「어느 호텔에 묵으실 겁니까?」

「세 과부 교차로까지 쭉 갑시다.」

택시는 비시와 도빌 방향을 가리키는 표지판과, 대형 호텔이나 휘발유 상표 광고판이 양쪽에 줄줄이 늘어선 국도, 기름으로 번들거리는 포장도로를 달렸다.

마침내 교차로. 자동차 정비소와 붉은색으로 칠한 주

유기 다섯 대. 왼쪽을 가리키는 도로 표지판에는 아브랭빌이라고 적혀 있었다.

주변은 끝이 보이지 않는 허허벌판이었다.

「다 왔습니다!」 택시 기사가 말했다.

그곳에는 집이 단 세 채밖에 없었다. 개발의 열기 속에 후닥닥 지은, 석고 타일로 된 정비소 주인의 집. 차체가 알루미늄으로 된 거대한 스포츠카가 주유 중이었고, 정비공들이 정육점 소형 트럭을 수리하고 있었다.

그 맞은편에 2미터 높이의 철책으로 둘러싸인, 규석으로 지은 단독 주택이 있었다. 손바닥만 한 정원 입구에는 〈에밀 미쇼네, 보험업자〉라고 새긴 동판이 걸려 있었다.

또 마지막 집은 2백 미터 정도 떨어져 있었다. 넓은 정원을 에워싼 벽에 가려, 건물의 2층과 청석 돌판 지붕, 아름다운 나무 몇 그루밖에 보이지 않았다.

그 고택은 족히 한 세기는 된 것이었다. 정원사용 별채, 부속 건물, 가금 사육장, 마구간, 그리고 양쪽에 청동 가로등이 서 있는, 다섯 단짜리 현관 앞 층계를 갖춘 옛 시절의 멋진 시골집이었다.

시멘트를 바른 작은 연못은 바싹 말라 있었고, 끝부분을 조각으로 마감한 굴뚝에서 연기 한 줄기가 곧게 피어올랐다.

그게 다였다. 멀리 벌판 너머로 종탑, 농장 지붕들, 경작지 주변에 방치된 쟁기가 희미하게 보였다.

그리고 매끄러운 도로 위로 차들이 지나가고, 커브를 돌고, 교차하고, 추월했다.

매그레 반장은 가방을 들고 내려 택시비를 지불했고, 택시는 파리로 돌아가기 전에 휘발유를 채우기 위해 정비소로 향했다.

2

흔들리는 커튼

도로 갓길 나무 뒤에 숨어 있던 뤼카 형사가 모습을 드러냈다. 그가 가방을 발치에 내려놓는 매그레에게 다가왔다. 그들이 악수를 나누려는 순간 휘파람 소리 같은 소리가 점점 커지더니, 경주용 자동차 한 대가 전속력으로 그들 곁을 스쳐 지나갔다. 반장이 들었던 가방이 3미터 밖으로 나둥그러질 만큼 가깝게.

그들 눈에는 이미 아무것도 보이지 않았다. 터보 과급기를 장착한 자동차는 짚을 나르는 수레를 추월하고는 순식간에 지평선 너머로 사라졌다.

매그레가 인상을 찡그리며 물었다.

「저런 차, 자주 지나가나?」

「처음입니다……. 마치 우릴 노린 것 같았어요, 안 그렇습니까?」

오후 날씨는 흐렸다. 미쇼네의 집 창문 커튼이 흔들렸다.

「근처에 잘 데는 있나?」

「아르파종이나 아브랭빌로 나가셔야 합니다. 아르파
종은 3킬로미터 거리라 좀 멀고…… 아브랭빌이 더 가깝
긴 한데, 아마 허름한 시골 여인숙밖에 없을 겁니다.」

「내 가방 들고 가서 방 좀 잡아 두게……. 특별한 건
없고?」

「없습니다……. 저쪽 단독 주택에서 누가 우릴 훔쳐보
고 있어요……. 제가 조금 전에 만나 본 미쇼네 부인일 겁
니다……. 뚱뚱한 갈색 머리 중년 부인인데, 성격이 좋아
보이지는 않더군요…….」

「이곳을 왜 〈세 과부 교차로〉라고 부르는지는 아나?」

「좀 알아봤는데…… 안데르센의 집 때문이라고 하더군
요……. 대혁명 때 지어졌는데…… 예전에는 교차로에 저
집만 덩그러니 서 있었답니다……. 마지막으로, 그러니
까 50년 전쯤에 저 집에 과부 셋, 다시 말해, 노모와 두 딸
이 살았던 모양인데, 노모는 나이 아흔에 신체장애가 있
었고, 큰딸은 예순일곱, 작은딸 역시 최소한 예순은 됐다
고 합니다. 근데 세 노파가 성격이 워낙 까다롭고 인색해
서 이 고장에서 절대 뭔가를 사는 법 없이 텃밭과 가금 사
육장에서 나는 것만으로 생활을 했답니다……. 덧창이
늘 닫혀 있어 몇 주간 할멈들 코빼기조차 안 보일 때도 있
었다네요……. 큰딸이 다리가 부러졌는데, 사망한 후에

27

야 그 사실을 알았다니 말 다 했죠……. 참 기막힌 이야기죠! ……그러다 한동안 세 과부 집 주변에서 아무 소리도 들려오지 않았답니다……. 이러쿵저러쿵 말들이 많으니까, 아브랭빌 시장이 하는 수 없이 한번 둘러보기로 했는데……. 들어와 보니 세 과부가 바닥에 널브러져 있더랍니다, 적어도 열흘 전에 숨이 끊어진 상태로……! 사람들 말로는 당시 신문에 대서특필되고 떠들썩했다고 하더군요……. 세 노파의 불가사의한 죽음에 심취한 이 지역의 한 교사는 작은 책자를 써서, 다리를 다친 딸이 멀쩡한 동생이 미워 독살을 시도했는데, 그 바람에 노모까지 중독되어 죽고 말았다고 주장하기도 했대요……. 혼자 운신할 수 없었던 본인은 두 시신 곁에서 굶어 죽었고요……!」

매그레는 위층밖에 보이지 않는 그 집을 뚫어지게 응시하다가 고개를 돌려 미쇼네의 새 단독 주택, 그것보다 더 새것인 정비소, 그리고 시속 80킬로미터로 국도를 내달리는 자동차들을 바라보았다.

「가서 방 잡아 놓고…… 이리로 다시 오게…….」

「반장님은 어떡하실 생각이세요?」

반장은 어깨를 으쓱하고는 세 과부 집 철책 문까지 걸어갔다. 널찍한 집은 3~4헥타르의 정원으로 에워싸여 있었고, 아름드리나무 몇 그루로 장식되어 있었다.

경사진 오솔길이 잔디밭을 우회해 한쪽으로는 현관

앞 층계로, 다른 한쪽으로는 지붕에 아직 도르래가 달려 있는 옛 마구간을 개조한 차고로 나 있었다.

움직임은 전혀 포착되지 않았다. 피어오르는 연기를 제외하면 굳게 닫힌 커튼 뒤로 사람이 사는 기색은 전혀 느껴지지 않았다. 어스름이 깔리기 시작했고, 말들이 농장으로 돌아가기 위해 머나먼 들판을 가로질렀다.

챙 모자를 쓴 키 작은 남자가 파이프를 입에 물고 플란넬 바지 주머니에 두 손을 찌른 채 도로를 따라 걸어왔다. 그가 시골에서 이웃을 대하듯 친근하게 다가와 물었다.

「수사를 지휘하는 분이 선생이시오?」

그는 부착식 옷깃을 달지 않은 채 발에는 슬리퍼를 신고 있었다. 그런데도 영국산 고급 직물로 만든 회색 상의 차림에, 손가락에는 가문(家紋)이 새겨진 큼직한 반지를 끼고 있었다.

「정비소 주인입니다. 멀리서 선생을 보고……」

전직 권투 선수가 분명했다. 코가 부러져 휜 데다 얼굴이 주먹질에 단련된 것처럼 우락부락했으니까. 질질 끄는 목소리는 걸걸하고 천박했지만 자신감으로 넘쳤다.

「차가 뒤바뀐 것은 어떻게 설명하시겠습니까?」

그가 금니를 드러내며 씨익 웃었다.

「시체만 안 나왔어도 전 이번 사건 참 고소하다고 여겼을 겁니다……. 반장님께서는 이해 못 하실 거예요! 맞은편에 사는 저 양반, 우리가 〈좀생이 미쇼네〉라고 부르는 저 작자를 잘 모르시니까요……. 저 양반, 허물없이 지내는 거 안 좋아하고, 이렇게 높다란 부착식 옷깃에다 반짝반짝 광낸 구두를 신고 다니죠……. 게다가 미쇼네 부인은 또 어떻고! 그 부인 아직 못 보셨죠? ……험! 그 사람들, 걸핏하면 사소한 일도 걸고넘어지고, 차들이 주유기 앞에 정지할 때 너무 시끄럽다고 군경대에 신고까지 하는 치들이에요…….」

매그레는 계속해 보라거나 그만두라는 반응 없이 사내를 멀뚱히 쳐다봤다. 그저 빤히 쳐다보기만 했다. 수다쟁이에게는 꽤 당황스러울 반응이었지만, 정비소 주인을 주눅 들게 하기에는 부족했다.

빵 배달 차가 지나가자 슬리퍼 차림의 사내가 외쳤다.

「안녕, 클레망! ……자네 클랙슨 고쳐 놨어! ……조조한테 달라고 말만 하면 돼!」

그가 매그레를 향해 돌아서서는 담배를 권하며 말을 이었다.

「몇 달 전부터 새 차를 사야겠다고 말하고 다니면서 저를 포함해 인근의 모든 자동차상들을 달달 볶아 댔다니까요, 글쎄! ……대체 얼마를 깎을 심산인지 살살 얼러 대는데……. 이건 색깔이 너무 어둡다, 저건 색깔이 너무 밝다, 깔끔한 포도주색을 원하지만 너무 포도주색이어도 안 된다……. 그러다가 결국 아르파종의 업자한테서 그 차를 샀답니다. 그런데 불과 며칠 만에 세 과부 집 차고에서 그 차를 발견했으니 아마 미치고 환장할 노릇이었겠죠! 그날 아침 자기 차고에서 6기통 새 차 대신 5마력짜리 고물 차를 봤을 때 그 양반이 지었을 표정을 구경할 수만 있다면 아무리 비싼 값이라도 치렀을 거예요! 근데 유감스럽게도 죽은 사람이 나와서 모든 걸 망쳐 버렸지 뭡니까! 어쨌거나 죽은 사람은 죽은 사람이니까요. 아무리 그래도 그런 것들은 존중해 줘야죠! ……아, 참! 지나가는 길에 저희 집에 들러서 한잔하시겠습니까? ……아쉽게도 이 교차로에는 선술집이 없거든요……. 하지만 곧 생길 겁니다! 맡아서 운영할 쓸 만한 녀석만 하나 찾으면 제가 자금을 댈 테니까요…….」

자신의 말이 전혀 반향을 얻지 못하는 것을 알아차렸는지 사내가 매그레에게 손을 내밀었다.

「그럼 이따가 뵙죠…….」

그는 느긋한 걸음으로 걸어가다가 마차를 몰고 지나가는 한 농부와 얘기를 나누기 위해 멈춰 섰다. 미쇼네 부부 집 커튼 뒤에서 여전히 누가 훔쳐보고 있었다. 도로 양쪽으로 펼쳐진 저녁나절의 들판에는 단조롭고 정체된 분위기가 감돌았다. 아주 멀리서 말이 힝힝거리는 소리, 10킬로미터 정도 떨어진 곳에 위치한 성당의 종소리 같은 것이 어렴풋이 들려왔다.

전조등을 켠 첫 번째 자동차가 지나갔지만, 날이 아직 완전히 저물지 않아 거의 켜나 마나였다.

매그레는 문 오른쪽에 늘어져 있는 초인종 줄로 팔을 뻗었다. 아름답고 묵직한 청동의 울림이 정원에 퍼졌고, 아주 긴 침묵이 뒤따랐다. 낮은 층계 위쪽의 현관문은 열리지 않았다. 하지만 집 뒤쪽에서 자갈 밟는 소리가 들려왔다. 키 큰 실루엣 하나가 모습을 드러냈다. 우윳빛 얼굴, 검은색 외알박이 안경.

카를 안데르센이 동요하는 기색 없이 철책 문으로 다가오더니 살짝 고개 숙여 인사하며 문을 열었다.

「오실 줄 알았습니다……. 차고를 둘러보고 싶으실 것 같은데……. 검찰이 봉인을 해놓긴 했지만, 반장님에게는 권한이…….」

그는 파리 경찰청에 왔을 때와 같은 정장, 확실히 우아하기는 하지만 닳아서 번들거리기 시작하는 정장을 입고 있었다.

「누이분은 집에 있습니까……?」

움찔하는 표정을 감지할 수 없을 만큼 이미 날이 어두웠지만, 그럴 필요성을 느꼈는지 안데르센이 외알박이 안경을 고쳐 썼다.

「예…….」

「한번 만나 보고 싶군요…….」

가벼운 망설임. 또다시 고개 인사.

「절 따라오시지요…….」

그들은 집 건물을 우회했다. 뒤쪽에 테라스가 있고, 그 아래로 제법 넓은 잔디밭이 펼쳐져 있었다. 높은 창을 겸한 문으로, 1층에 있는 모든 방이 테라스와 직접 통했다.

불이 켜진 방은 하나도 없었다. 정원 안쪽, 안개가 스카프처럼 나무들을 휘감고 있었다.

「제가 안내해 드릴까요?」

안데르센이 유리문을 밀었고, 매그레는 그를 따라 어슴푸레한 어둠에 잠겨 있는 넓은 거실로 들어갔다. 열어 둔 문을 통해 서늘한 동시에 무거운 저녁 공기와 축축한 풀과 나뭇잎 냄새가 스며 들어왔다. 벽난로 안에 덩그러니 놓인 장작 하나가 약간의 섬광을 내뿜고 있었다.

「제가 가서 누이를 불러오죠…….」

안데르센은 불을 켜지 않았다. 날이 저문 것조차 모르는 듯 보였다. 혼자 남은 매그레는 거실을 천천히 걸어 다니다 구아슈로 그린 수채화 초벌 그림을 받쳐 놓은 화가(畫架) 앞에 멈춰 섰다. 색상이 대담하고 데생이 묘한 현대식 천의 밑그림이었다.

하지만 그 데생도 매그레에게 세 과부가 살았던 시절을 다시 발견하게 해준 거실 분위기보다는 덜 기묘했다!

몇몇 가구는 과부들 것이 분명했다. 특히 낡은 비단을 씌워 놓은 칠이 벗겨진 제1제정풍의 안락의자와 50년 전부터 단 한 번도 걷은 적이 없는 것처럼 보이는 렙스[1] 천 커튼은…….

반면, 한쪽 벽면에 새로 설치한 흰색 목재 책장에는 장정이 안 된 프랑스어, 독일어, 영어, 덴마크어 책들이 쌓여 있었다. 흰색, 노란색, 또는 알록달록한 색의 표지들은 낡은 쿠션 의자, 이 빠진 꽃병, 가운데 부분의 씨실이 앙상하게 드러난 낡은 양탄자와 대조를 이루었다.

거실의 어슴푸레한 어둠이 점점 짙어졌다. 멀리서 소가 울었다. 가끔 무거운 고요 속에서 작게 들릴 듯 말 듯 부르릉거리는 소리가 일더니 점점 요란해지며 다가왔고, 차가 도로 위를 쏜살같이 지나간다 싶으면 벌써 엔진 소리가 가물가물 멀어져 갔다.

하지만 집 안에서는 아무 소리도 나지 않았다! 긁는 소리, 삐걱거리는 소리조차도! 누가 있다는 것을 의심케 할 뿐, 무슨 소리인지 판독하기 어려운 미세한 소음조차 들려오지 않았다.

카를 안데르센이 먼저 들어왔다. 그의 창백한 손에 신경과민이 약간 묻어났다. 그는 아무 말 없이 잠시 문가에 꼼짝 않고 서 있었다.

1 이랑지게 짠 질긴 천. 주로 커튼이나 가구 덮개를 만드는 데 쓰인다.

충계에서 뭔가가 미끄러지는 소리가 들려왔다.

「제 누이 엘세입니다…….」 그가 마침내 입을 열었다.

어슴푸레한 어둠에 잠긴 희미한 윤곽, 그녀가 다가왔다. 영화 속 여배우처럼, 아니, 그보다는 소년의 꿈에 등장하는 이상적인 여인처럼.

검은 벨벳 드레스? 어쨌거나 주변의 것들에 비해 색이 유난히 짙은 그 드레스는 깊고 화려한 얼룩처럼 보였다. 공기 중에 아직 퍼져 있는 약간의 빛이 그녀의 밝은 금발, 흐릿한 얼굴에 집중되었다.

「절 만나 보고 싶다고 하셨다면서요, 반장님……. 우선 좀 앉으시죠…….」

그녀의 외국어 억양은 카를보다 더 두드러졌다. 목소리가 춤을 추다가 낱말의 마지막 음절에서 낮게 가라앉았다.

그녀의 오빠는 여주인을 보호하는 임무를 맡은 노예처럼 그녀 곁에 서 있었다.

그녀가 몇 걸음 내디뎠고, 매그레는 그녀가 아주 가까이 다가왔을 때에야 비로소 그녀의 키가 카를만큼이나 크다는 사실을 알아차렸다. 잘록한 허리가 실루엣의 탄력을 더욱 또렷하게 드러냈다.

「담배……!」 그녀가 오빠를 돌아보며 말했다.

당황한 안데르센이 서툰 동작으로 서둘러 담배를 내

밀었다. 그녀가 가구 위에 놓인 라이터를 집어 불을 켰다. 잠시 붉은 불꽃이 그녀의 짙푸른 눈을 공격했다.

라이터가 꺼지자 어둠이 더 짙어진 듯했다. 어둠이 너무 짙게 느껴져 당황한 반장은 전등 스위치부터 찾았다. 스위치를 찾지 못한 그가 중얼거렸다.

「불 좀 켜달라고 부탁드려도 될까요……?」

반장으로서는 최대한 침착성을 발휘해야 했다. 그가 보기에 그 장면은 너무나 연극적이었으니까. 연극적이라고? 그보다는, 너무나 은밀했다. 엘세가 들어온 뒤로 거실에 번지는 향수 냄새처럼.

특히 일상의 삶에는 너무나 낯설었다! 아니, 그냥 한마디로 너무나 묘했다!

외국어 억양…… 카를의 깍듯한 태도와 외알박이 안경…… 화려함과 역겨운 진부함의 뒤섞임…… 거리에서도, 극장에서도, 사교계에서도 흔히 볼 수 없는 엘세의 드레스까지…….

도대체 왜 그 드레스가 그토록 특별해 보였을까? 아마도 입는 방식 때문이었으리라. 재단은 아주 단순했으니까. 몸에 꽉 끼고 목까지 올라와 얼굴과 손밖에 보이지 않는 옷이었다…….

안데르센이 탁자로 다가가 허리를 굽히고는 세 할멈 시절의 것으로 보이는, 가짜 청동 장식의 긴 자기 다리가 달린 석유등의 유리를 들어 올리고 불을 붙였다.

거실 한구석에 지름 2미터의 환한 동그라미가 그려졌다. 석유등의 갓은 주황색이었다.

「죄송해요……. 의자마다 뭘 잔뜩 올려놓은 걸 미처 못 봤네요…….」

안데르센이 제1제정풍의 의자에 첩첩이 쌓여 있는 책들을 치워 양탄자 위에 아무렇게나 내려놓았다. 엘세는 벨벳으로 빚은 조각상처럼 곧게 서서 담배를 피우고 있었다.

「아가씨, 오빠 되시는 분은 토요일 밤에 비정상적인 소리는 전혀 못 들었다고 진술했습니다……. 한번 잠들면 누가 업어 가도 모른다면서요…….」

「맞아요, 업어 가도 모르죠…….」 그녀가 담배 연기를 살짝 내뿜으며 매그레의 말을 되풀이했다.

「아가씨 역시 아무 소리도 못 들었습니까?」

「특별히 비정상적인 소리는, 전혀요!」

그녀는 자기네 언어로 생각한 문장을 프랑스어로 번역해야 하는 외국인답게 천천히 말을 했다.

「아시다시피 저희는 국도변에 살고 있습니다. 차들이 밤에도 속도를 거의 줄이지 않아요. 매일 밤 8시부터 트럭들이 파리 레 알 시장으로 달려가며 시끄러운 소음을 내죠. 토요일에는 루아르 강변과 솔로뉴 강변을 찾는 관광객들까지 기승을 부려요. 그래서 저희는 자동차 엔진과 브레이크 소리, 갑자기 들려오는 목소리에 자다 깨기를 반복하죠⋯⋯. 이 집이 헐값에 나와 있지 않았다면⋯⋯.」

「골드베르그에 대한 얘긴 못 들어 봤습니까?」

「전혀요⋯⋯.」

바깥은 아직 완전히 깜깜한 밤은 아니었다. 잔디는 진한 녹색을 띠었고, 풀잎이 워낙 또렷하게 보여서 하나씩 셀 수 있을 것만 같았다.

정원은 관리 소홀에도 불구하고 오페라 무대처럼 조화로웠다. 각각의 화단, 나무, 심지어 가지 하나하나도 정확히 있어야 할 자리에 있었다. 그리고 멀리 지평선이 농장 지붕과 함께 한 편의 일드프랑스[2] 교향곡을 완성했다.

반면 거실에는 고가구들 틈에 외국 서적들의 책등, 매그레가 이해하지 못하는 낱말들, 그리고 외국인 남매가 있었다. 그중에서도 특히 누이가 영 어울리지 않는 음(音)을 냈다.

너무 육감적이고 선정적인 음? 그렇다고 그녀가 도발적인 것은 아니었다. 몸짓이나 태도는 아주 단순했다⋯⋯.

하지만 그 단순함은 그 집의 실내 장식과 어울릴 수 있는 그런 것이 아니었다. 그런 단순함이었다면, 반장도 세

2 *Ile-de-France*. 〈프랑스의 섬〉이라는 뜻으로, 프랑스 중앙부의 파리 인근 지역을 가리킨다.

할멈과 그들의 괴물 같은 열정을 더 잘 이해할 수 있었을 터였다!

「집 구경 좀 해도 될까요?」

카를에게나 엘세에게나 망설임 같은 건 없었다. 엘세가 안락의자에 앉는 사이 석유등을 집어 든 건 카를이었다.

「절 따라오시죠…….」

「주로 이 거실에서 활동하실 것 같은데……?」

「예……. 제가 작업을 하는 곳도 여기고, 누이가 하루 중 가장 밝은 시간대를 보내는 곳도 여깁니다…….」

「하인은 없습니까?」

「제가 얼마를 버는지 아시잖습니까. 시중을 받으며 살기에는 초라한 액수죠…….」

「식사 준비는 누가 합니까?」

「제가요.」

그는 간단하게 대답했다. 거북해하거나 창피해하는 기색 없이. 복도에 이르자 안데르센이 문 하나를 밀었다. 그가 부엌 안으로 석유등을 뻗으며 입술 끝으로 이렇게 말했다.

「무질서를 용서하십시오…….」

그것은 무질서 이상이었다. 한마디로 불결했다. 너덜 너덜한 밀랍 천을 씌운 식탁에 끓어 넘친 우유, 소스, 기름으로 범벅이 된 알코올버너가 놓여 있었고, 그 주위로

빵 조각들이 굴러다녔다. 식탁에 그냥 올려놓은 프라이
팬에는 먹다 남은 에스칼로프가 그대로 있고, 개수대는
더러운 그릇들로 가득했다.

복도로 다시 나갔을 때, 매그레는 더는 조명이 되지
않아 엘세가 피우는 담뱃불만 반짝이는 거실 쪽을 힐끗
쳐다보았다.

「집 전면에 있는 식당과 작은 거실은 사용하질 않습니
다. 그래도 보시겠습니까……?」

석유등이 제법 멋진 마루판, 쌓아 놓은 가구, 바닥에
굴러다니는 감자를 비췄다. 덧창들은 닫혀 있었다.

「저희 침실은 위층에 있습니다……」

충계는 넓었다. 계단 하나가 삐걱거렸다. 위로 올라갈
수록 향수 냄새가 점점 짙어졌다.

「여기가 제 침실입니다……」

바닥에 놓여 침상 역할을 하는 침대 밑판 하나. 변변찮
은 화장대 하나. 루이 15세풍의 커다란 옷장 하나. 담배
꽁초로 넘쳐 나는 재떨이 하나.

「담배를 많이 피우는 모양이죠?」

「아침에, 침대에서요. 책을 읽으며 한 30개비 정도……」

자기 침실 맞은편에 위치한 문 앞에서 그가 재빨리 말
했다.

「이쪽은 제 누이 침실……」

하지만 그는 그 문을 열지 않았다. 매그레가 손잡이를 돌리고 문을 미는 동안, 그는 어두운 표정을 짓고 있었다.

안데르센은 여전히 등을 들고 있었지만 다가와 비추지는 않았다. 향수 냄새가 너무 진해서 마치 멱살을 잡고 달려드는 것 같았다.

전체적으로 보아 그 집에는 개성도, 질서도, 사치스러움도 없었다. 마치 오래된 쓰레기들을 임시방편으로 사용하는 야영장 같았다.

하지만 그곳만은 달랐다. 반장은 희미한 빛 속에서 따뜻하고 폭신한 오아시스 같은 것을 감지했다. 마룻바닥은 각종 짐승 가죽, 특히 침대 앞 깔개로 펼쳐 놓은 멋진 호랑이 가죽에 덮여 보이지 않았다.

침대는 흑단으로 만든 것이었고, 검은 벨벳이 덮여 있었다. 그 벨벳 위에 구겨진 비단 란제리가 널브러져 있었다.

안데르센이 등을 든 채 복도에서 조금씩 멀어져 갔고, 매그레도 어쩔 수 없이 그를 따랐다.

「침실 세 개가 더 있습니다만, 비어 있어요…….」

「결국 도로를 향해 나 있는 건 누이분의 침실 하나뿐이군요…….」

카를은 대답하지 않고 좁은 층계를 가리켰다.

「하인 전용 층계입니다. 저흰 사용하지 않죠. 차고를

보고 싶으시면……」

그들은 춤추는 석유등 불빛 속을 나란히 걸어 내려갔다. 거실에는 여전히 담배의 붉은 점이 유일한 불빛으로 남아 있었다.

안데르센이 나아감에 따라 불빛이 거실 전체를 점령했다. 엘세는 다가오는 두 남자 쪽으로 무심한 눈길을 고정한 채 안락의자에 몸을 뻗고 반쯤 누워 있었다.

「반장님한테 차 대접도 안 했잖아요, 카를!」

「됐습니다! 차는 안 마시거든요……」

「전 마시고 싶어요! 위스키로 하시겠어요? 아니면……카를! 부탁해요……」

당황한 카를이 등을 내려놓고는 신경이 곤두서 떨리는 손으로 은 다기 아래에 있는 작은 버너에 불을 붙였다.

「뭘 드시겠어요, 반장님?」

매그레는 왠지 불편했으나 그 원인을 꼭 집어 말할 수 없었다. 분위기 전체가 내밀하고 혼란스러웠다. 꽃잎이 보라색인 커다란 꽃들이 화가 위에 활짝 피어 있었다.

「요약하자면, 누군가 먼저 미쇼네 씨의 차를 훔쳤습니다.」 매그레가 말했다. 「그자는 그 차 안에서 골드베르그를 살해한 다음 당신 차고에 갖다 놓았습니다. 당신 차는 그 보험업자의 차고로 옮겨졌고요……」

「정말 놀랍죠, 안 그래요……?」

엘세가 새 담배에 불을 붙이며 노래를 부르는 것 같은 부드러운 목소리로 말했다.

「오빠는 시체가 우리 집에서 발견됐으니 우리가 범인으로 몰릴 거라고 주장했어요. 그래서 달아나려 했죠. 전 그러고 싶지 않았어요……. 전 사람들이 이해할 거라고 확신했어요. 우리가 정말 살인을 저질렀다면 바보가 아닌 다음에야…….」

그녀가 말을 중단하고는 두리번거리며 카를을 찾았다. 그는 구석에서 뭔가를 뒤지고 있었다.

「나 참! 반장님께 아무것도 대접 안 해요?」

「미안……. 그게…… 이제 보니 대접할 게 아무것도…….」

「오빠는 늘 그 모양이야! 도무지 생각이 없다니까……. 용서해 주시겠어요, 성함이……?」

「매그레.」

「매그레 반장님……. 저흰 술을 거의 안 마시거든요. 그리고…….」

정원에서 발소리가 들려왔고, 매그레는 자신을 찾는 뤼카 형사의 그림자를 알아보았다.

3
교차로의 밤

「무슨 일인가, 뤼카?」

매그레는 창을 겸한 문 앞에 우뚝 섰다. 뒤쪽 거실에는
혼란스러운 분위기가, 앞쪽 정원의 서늘한 어둠 속에는
뤼카의 얼굴이 있었다.

「아무것도 아닙니다, 반장님……. 반장님을 찾고 있었
습니다…….」

당황한 뤼카가 반장의 어깨 너머로 슬쩍 거실 내부를
들여다보려 했다.

「내 방은 잡아 뒀나?」

「예……. 반장님 앞으로 전보가 도착했습니다. 골드베
르그 부인이 오늘 밤 차편으로 도착한답니다.」

매그레는 돌아서서, 고개를 숙인 채 잠자코 기다리는
안데르센과 초조하게 발을 까딱거리며 담배를 피우는 엘
세를 보았다.

「아마 내일 몇 가지 더 물으러 다시 들를 겁니다. 그럼 안녕히, 마드무아젤……」

그녀도 예의를 갖춰 정중하게 인사를 했다. 카를은 철책 문까지 두 사람을 배웅하고 싶어 했다.

「차고는 안 둘러보십니까?」

「내일……」

「제 말 좀 들어 보세요, 반장님……. 아마 제 거동이 반장님 눈에 수상쩍어 보일 겁니다……. 뭐든 제가 도울 일이 있다면 절 마음껏 써먹어 달라고 부탁드리고 싶군요. 제가 외국인이라는 것, 게다가 제가 가장 무거운 혐의를 받고 있다는 것은 저도 압니다. 바로 그렇기 때문에, 범인을 밝혀 내기 위해서라면 제가 나서서 아무리 불가능해 보이는 일이라도 해야 하겠죠……. 부디 제 미숙함을 언짢게 여겨지는 말아 주십시오.」

매그레가 그의 눈을 똑바로 쳐다보았다. 그는 슬픈 눈동자 하나가 천천히 자신의 눈길을 피하는 것을 보았다. 카를 안데르센은 철책 문을 닫고 집으로 돌아갔다…….

「도대체 왜 그랬나, 뤼카?」

「왠지 마음이 편치 않았습니다……. 아브랭빌에서 돌아온 지 한참 됐는데……. 이 교차로에서 왜 갑자기 그렇게 엿 같은 느낌이 들었는지 저도 잘 모르겠어요…….」

그들은 함께 어둠에 묻힌 갓길을 걸었다. 차들이 드문 드문 지나갔다.

「혼자 속으로 범행을 재구성해 보려 했는데, 생각을 하면 할수록 사건이 점점 더 놀랍기만 해요.」

그들은 정비소, 세 과부 집과 함께 삼각형을 구성하는 꼭짓점인 미쇼네 부부의 집 근처에 도착했다.

정비소와 미쇼네 부부 집 사이의 거리는 40미터. 그 두 곳에서 안데르센 남매 집까지는 1백 미터.

키 큰 나무들이 제방처럼 양쪽에 늘어선, 곧고 반들반들한 도로가 띠를 이루어 그 세 곳을 잇고 있었다.

세 과부 집 쪽으로는 전혀 불빛이 보이지 않았다. 보험 업자의 집은 창 두 개에 불이 밝혀져 있었지만, 두꺼운 커튼 틈으로 오로지 빛 한 줄기만, 누군가 바깥을 내다보기 위해 남자 키 높이에서 커튼을 살짝 벌리고 있다는 것을 증명하는 곧지 않은 빛줄기만 새어 나왔다.

정비소 쪽, 주유기의 희뿌연 원반들, 그리고 망치질 소리, 요란한 작업장에서 쏟아져 나오는 직사각형의 빛.

두 사람은 걸음을 멈췄고, 매그레 반장의 가장 오래된 협력자 중 하나인 뤼카 형사가 설명했다.

「무엇보다 골드베르그가 여기까지 와야 했어요. 에탕프의 시체 안치소에 안치된 그 사람 시신 보셨습니까? 못 보셨어요? 생김새의 유형으로 보아 유대인이 확실한 남자로 대략 45세…… 단단한 턱, 고집스러운 이마, 양털 같은 곱슬머리, 키가 작고 다부진 체격…… 고급 정장…… 이니셜이 새겨진 고급 내의……. 생활이 넉넉하고, 명령하고 돈을 세지 않고 쓰는 데 익숙한 인물……. 그리고 반짝거리는 구두에는 진흙이나 먼지 한 점 없었습니다……. 따라서 아르파종까지는 기차로 왔다고 하더라도, 거기서 이곳까지 3킬로미터를 걸어왔을 리는 만무합니다.

제 생각에는 아무래도 파리나 안트베르펜에서 자동차를 타고 온 것 같아요.

의사 말로는 총을 맞고 즉사했는데, 저녁 식사 때 먹은 것은 이미 소화가 다 된 상태였답니다……. 대신 위장에서 상당량의 샴페인과 볶은 아몬드를 찾아냈답니다.

아르파종의 어떤 호텔에서도 토요일 밤에 샴페인을 팔지 않았고, 제 생각이지만 아르파종을 다 뒤져도 볶은 아몬드를 찾을 수 없을 것 같습니다…….」

트럭 한 대가 고철이 흔들리는 요란한 소리를 내며 시속 50킬로미터로 지나갔다.

「미쇼네 부부 집 차고를 보세요, 반장님. 보험업자가 차라는 걸 소유한 지는 1년밖에 안 됐습니다. 그의 첫 차는 낡아빠진 고물 차였고요. 그는 도로 쪽으로 난, 저 판때기 헛간에 자물쇠 하나 달랑 채워 차를 넣어 두는 것으로 만족했습니다. 그사이 차고를 하나 더 지을 시간도 없었고요. 그래서 범인은 저기로 6기통 새 차를 훔치러 간 겁니다. 그 차를 세 과부 집으로 몰고 가 철책 문과 차고를 열고 안데르센의 고물 차를 꺼낸 다음 그곳에 집어넣어야 했어요. 게다가 골드베르그를 운전석에 앉히고 가슴에 총구를 대고 쏘아 그를 살해해야 했죠. 그런데도 뭔가를 보거나 들은 사람이 아무도 없습니다! 알리바이가 있는 사람도 아무도 없고요! 반장님도 저와 똑같은 인상을 받으셨는지 모르겠지만, 조금 전 날이 어둑어둑해질 때 아브랭빌에서 돌아오는데, 완전히 방향을 잃은 느낌이 들더군요……. 어째 이건 영 아니다 싶은 게 이번 사건이 비정상적인 성격을 띤 듯이 느껴졌어요. 왠지 가짜 같은…….

전 세 과부 집 철책 문까지 걸어갔습니다. 반장님이 거기 계신다는 건 알고 있었죠……. 집 전면은 어두웠지만, 정원 쪽에 누런 후광이 희미하게 보였어요…….

멍청했다는 거, 저도 잘 압니다! 하지만 더럭 겁이 났어요! 반장님 때문에! 돌아보지 마세요……. 미쇼네 부인이 커튼 뒤에 숨어 우릴 훔쳐보고 있어요…….

제 착각이겠지만……. 지나가는 운전사 중 절반은 우리를 묘한 눈길로 쳐다보는 것 같아요…….」

매그레가 삼각형을 이루는 세 집을 한 바퀴 둘러보았

다. 어둠이 삼켜 버린 들판은 더 이상 보이지 않았다. 대로 왼쪽, 정비소 맞은편에서 아브랭빌로 가는 도로가 시작되었는데, 국도처럼 양쪽에 나무가 심어져 있지 않고 한쪽에만 전봇대가 줄지어 서 있었다.

8백 미터 떨어진 곳에 불빛 몇 개가 어른거렸다. 마을의 첫 집들이었다.

「샴페인과 볶은 아몬드라!」 반장이 구시렁거렸다.

그가 산책하는 사람처럼 느릿느릿 걷다가, 작업복 차림의 기계공이 날카로운 아크등 불빛 속에서 자동차 바퀴를 갈아 끼우고 있는 정비소 앞에 멈춰 섰다.

그곳은 정비소라기보다는 수리 공장에 가까웠다. 하나같이 구식 모델인 낡은 자동차 여남은 대가 널려 있고, 그중 하나는 바퀴도 엔진도 없이 뼈대만 앙상하게 남은 상태로 도르래의 사슬에 매달려 있었다.

「저녁이나 먹으러 가세! 골드베르그 부인이 몇 시에 도착할 예정이라고?」

「그건 저도 모르겠습니다…… 그냥 저녁때라고만……」

아브랭빌의 식당 겸 여인숙은 텅 비어 있었다. 앉아서 술을 마실 수 있는 카운터 하나, 굴러다니는 병 몇 개, 큼직한 난로 하나, 쿠션이 굳어 돌처럼 딱딱하고 천에 구멍이 뚫린 소형 당구대 하나, 그리고 나란히 누워 있는 개와 고양이 한 쌍…….

부인이 부엌에서 에스칼로프를 익히는 동안, 주인이 식사 시중을 들었다.

「교차로 정비소 사장 이름이 뭐요?」 전채로 나온 정어리를 우적우적 씹으며 매그레가 물었다.

「오스카 씨요…….」

「이곳에 온 지 오래됐습니까?」

「아마도 8년…… 어쩌면 10년 정도……. 저야 가진 게 수레와 말뿐이라…….」

주인은 시큰둥하게 계속 식사 시중만 들었다. 그는 말이 많은 편이 아니었다. 심지어 잔뜩 경계하는 음험한 눈길을 하고 있었다.

「그럼 미쇼네 씨는……?」

「그 사람은 보험업자죠…….」

그뿐이었다.

「백포도주로 하시겠습니까, 적포도주로 하시겠습니까?」

그는 병 속으로 떨어진 코르크 마개 조각을 꺼내기 위해 한참 깨작대다가, 결국에는 싸구려 포도주를 다른 병에 옮겨 부었다.

「세 과부 집 사람들은?」

「전 그 사람들 한 번도 못 봤어요……. 어쨌거나 여자는요……. 여자가 하나 있다고들 하더군요……. 국도 쪽만 해도 벌써 아브랭빌이 아니거든요…….」

「잘 익혀 드려요?」 그의 아내가 부엌에서 소리쳤다.

매그레와 뤼카도 각자 자기 생각을 좇느라 결국 입을 다물고 말았다. 9시 무렵, 그들은 합성 칼바도스를 한 잔씩 비운 뒤 도로로 나섰다. 한참을 서성이던 두 사람은 마침내 교차로를 향해 발걸음을 옮겼다.

「골드베르그 부인, 출발했다더니 안 오네요.」

「골드베르그가 도대체 여긴 뭐하러 왔는지 궁금하군……. 샴페인과 볶은 아몬드라! 그의 주머니에서 다이아몬드가 나왔나?」

「아뇨……. 지갑에 든 2천여 프랑 말고는 아무것도요…….」

정비소에는 여전히 불이 밝혀져 있었다. 매그레는 오스카 씨의 집이 정비소 가장자리가 아니라 뒤쪽에 있어서 창문들밖에 보이지 않는다는 사실에 주목했다.

작업복 차림의 기계공이 자동차 발판에 앉아 식사를 하고 있었다. 그들과 몇 발자국 떨어진 도로의 어둠 속에서 정비소 주인이 불쑥 나타났다.

「안녕하세요!」

「안녕하세요!」 매그레가 마지못해 웅얼거렸다.

「아름다운 밤이네요! 이대로만 계속되면 부활절 때는 날씨가 그만이겠어요…….」

「참! 정비소는 밤새 열어 두나요?」 반장이 불쑥 물었다.

「아뇨, 그렇진 않아요! 하지만 늘 지키는 사람이 있죠. 문을 닫아걸고 야전 침대에서 자요. 단골들은 필요한 게 있으면 벨을 누른답니다⋯⋯」

「밤에도 도로에 차가 많나요?」

「아뇨, 많지는 않아요! 하지만 꽤 다니죠⋯⋯. 파리의 레 알 시장으로 가는 트럭들이요. 여긴 신선한 채소와 과일, 특히 물 냉이를 재배하는 못으로 유명한 동네거든요. 차에 기름이 떨어지는 경우가 종종 있죠. 아니면 손봐야 할 데가 생기거나⋯⋯. 같이 가서 뭐라도 한잔 안 하시겠습니까?」

「고맙지만 됐습니다.」

「한잔하시면 좋을 텐데⋯⋯. 정 그러시다면 억지로 권하지는 않겠습니다. 근데, 차가 뒤바뀐 문제는 아직 못 푸셨습니까? 미쇼네 씨는 분명 그것 때문에 몸져누울 겁니다! ⋯⋯특히 당장 그에게 6기통 차 한 대를 되돌려 주지 않으면요⋯⋯!」

멀리서 전조등이 반짝이더니 점점 커지며 다가왔다. 부르릉거리는 소리와 함께 그림자 하나가 휙 하고 스쳐 지나갔다.

「에탕프의 의사 선생일 거예요!」 주유소 주인이 중얼거렸다. 「아르파종에 왕진 나갔었는데⋯⋯ 틀림없이 동료 의사가 저녁이나 먹고 가라며 붙들었을 겁니다……」

「지나가는 차를 모두 아십니까?」

「모두는 아니고 많이 알죠……. 보세요! 저기 차폭등
두 개는…… 레 알 시장으로 가는 물 냉이 운반 트럭이에
요. 저 사람들, 전조등만 켜고 다니는 위험을 감수할 순
없어요……. 저렇게 다 켜놓고 온 도로를 차지한 채 달리
죠! ……안녕, 쥘!」

지나가는 트럭 위에서 목소리 하나가 대답했다. 벌써
적색 후미등밖에 보이지 않았고, 그마저도 어둠이 곧 삼
켜 버렸다.

멀리 기차가 지나갔다. 밤의 혼돈 속에서 빛을 발하며
길게 늘어나는 애벌레 같았다.

「9시 32분 급행열찹니다……. 정말 한잔 안 하시겠습
니까……? 어이, 조조! 식사하고 나서, 작동 안 되는 세 번
째 펌프 좀 확인해 봐…….」

또다시 전조등 불빛. 하지만 자동차는 그냥 지나갔다.
골드베르그 부인이 탄 차가 아니었다.

매그레는 연방 파이프를 빨아 댔다. 그가 오스카 씨를
정비소 앞에 내버려 둔 채 오락가락하기 시작했고, 뤼카
역시 나지막한 목소리로 혼자 뭐라고 중얼거리며 그 뒤
를 졸졸 따라다녔다.

세 과부 집에는 불빛 한 점 없었다. 매그레와 뤼카는

족히 열 번은 철책 문 앞을 오락가락했다. 매그레는 그때마다 기계적으로 눈을 들어 엘세의 침실임 직한 곳의 창문을 올려다보았다.

그다음은 미쇼네 부부의 새 단독 주택이었다. 니스 칠을 한 참나무 문이 달려 있고 우스꽝스러울 만큼 작은 정원이 딸린, 특색이라고는 없는 집이었다.

또 그다음은 정비소, 주유기 펌프를 고치느라 여념이 없는 기계공, 주머니에 두 손을 찌른 채 그에게 뭐라고 잔소리를 해대는 오스카 씨.

에탕프에서 출발한 파리행 트럭 한 대가 기름을 넣기 위해 멈춰 섰다. 한 남자가 짐칸의 채소 더미 위에 누워 자고 있었다. 밤마다 같은 시각에 같은 도로를 달리는 수송 책임자였다.

「30리터!」

「잘 지내?」

「그럭저럭!」

기어를 바꾸는 소리와 함께 트럭이 점점 멀어지며 시속 60킬로미터로 아르파종의 내리막길에 접근했다.

「안 올 것 같아요!」 뤼카가 한숨 쉬듯 말했다. 「파리에서 자고 오기로 한 모양이에요……」

그들은 또다시 2백 미터 길이의 교차로를 세 차례나 오갔다. 매그레가 갑자기 아브랭빌 쪽으로 비스듬히 방향을 틀었다. 그가 여인숙 맞은편에 도착했을 때, 등은 하나만 빼고 모두 꺼져 있었다. 카페에는 아무도 보이지 않았다.

「차 소리가 들리는 것 같은데…….」

그들이 돌아보았다. 차 소리가 맞았다. 자동차 전조등 두 개가 마을 방향에서 어둠에 구멍을 내고 있었다. 차 한 대가 정비소 맞은편에서 속도를 늦추며 커브를 돈 게 분명했다. 누군가가 말을 했다.

「길을 묻고 있는 모양입니다…….」

자동차가 전봇대를 하나씩 비추며 마침내 다가왔다. 여인숙 맞은편에 서 있던 매그레와 뤼카는 눈부신 빛 다발에 사로잡혔다.

브레이크 밟는 소리. 운전기사가 잽싸게 차에서 내려 손님 쪽 차문을 열어 주러 갔다.

「여기가 분명해요?」 차 안에서 여자 목소리가 물었다.

「예, 부인…… 아브랭빌이에요. 그리고 사람들 말대로 문 위에 소나무 가지 하나가 드리워져 있습니다…….」

비단 스타킹을 신은 다리 하나가 나타났다. 발 하나가 땅을 디뎠다. 그 위로 모피 외투가 얼핏 보였다. 매그레가 방문객을 맞으러 가기 위해 걸음을 내디뎠다.

바로 그 순간, 총성과 비명이 울려 퍼졌다. 여자가 머리부터 길바닥에 고꾸라져 말 그대로 곤두박질쳤다. 한

쪽 다리가 경련을 일으키며 펴지는 사이, 여자는 온몸을 공처럼 둥글게 만 자세로 꼼짝도 하지 않았다.

반장과 뤼카가 마주 쳐다보았다.

「여자를 돌보게!」 매그레가 소리쳤다.

하지만 이미 몇 초가 지나가 버린 뒤였다. 아연실색한 운전기사는 있던 자리에 돌처럼 굳어 있었다. 여인숙 2층 창문이 벌컥 열렸다.

총탄은 도로 오른쪽, 들판에서 발사되었다. 반장은 달려가며 주머니에서 권총을 뽑아 들었다. 그는 무슨 소리를, 철벅철벅 무른 찰흙을 밟으며 뛰어가는 발소리를 들었다. 하지만 자동차 전조등이 배경 일부를 너무 환하게 비춰 다른 곳을 칠흑처럼 깜깜하게 만들어 놓은 탓에 아무것도 보이지 않았다.

그가 돌아서서 소리쳤다.

「전조등!」

처음에는 아무 반응도 없었다. 그가 또다시 외쳤다. 그때 재앙에 가까운 오해가 빚어졌다. 운전기사 혹은 뤼카가 전조등 중 하나를 반장이 있는 쪽을 향해 비췄던 것이다.

들판의 맨땅에 시커멓고 거대한 그림자와 함께 반장의 모습만 또렷하게 드러났다.

범인은 왼쪽이나 오른쪽으로 좀 더 멀리, 아무튼 빛의

원 바깥으로 달아난 게 분명했다.

「전조등, 이런…… 빌어먹……!」 매그레가 마지막으로 소리쳤다.

그는 화를 주체하지 못해 주먹을 불끈 쥔 채 쫓기는 토끼처럼 갈지자로 달렸다. 환한 조명 때문에 거리 감각 자체가 왜곡되었다. 갑자기 1백 미터도 안 되는 곳에서 정비소의 주유기들이 보인 것은 그 때문이었다.

곧이어 아주 가까운 곳에서 사람의 형태가 불쑥 나타나, 쉰 목소리로 물었다.

「무슨 일입니까……?」

굴욕감에 화가 머리끝까지 치민 매그레가 우뚝 서서 오스카 씨를 머리끝에서 발끝까지 훑어보았고, 그의 슬리퍼에 진흙이 전혀 묻어 있지 않다는 사실을 확인했다.

「아무도 못 봤소……?」

「아브랭빌로 가는 길을 물은 차 말고는 아무것도요…….」

반장은 국도를 따라 아르파종 쪽으로 멀어져 가는 붉은 불빛을 보았다.

「저건 뭐죠?」

「레 알행 트럭입니다.」

「여기 섰소?」

「20리터를 채울 동안요…….」

여인숙 쪽에서 소란이 일었고, 전조등은 텅 빈 벌판을

계속 비추고 있었다. 매그레가 갑자기 미쇼네 부부의 집을 쳐다보고는 길을 건너 벨을 눌렀다.

작은 문구멍이 열렸다.

「누구세요……?」

「기동 수사대 반장 매그레입니다……. 미쇼네 씨와 얘길 좀 나누고 싶은데요…….」

안쪽에서 체인과 빗장 두 개를 여는 소리가 들려왔다. 자물쇠 속에서 열쇠가 돌아갔다. 미쇼네 부인이 불안을 넘어 공포에 질린 표정으로 모습을 드러냈다. 그녀가 도로 양쪽을 살피고는 물었다.

「우리 그이 못 보셨어요?」

「집에 없습니까?」 눈에 희망의 광채를 담고 매그레가 되물었다.

「그게 그러니까…… 저도 모르겠어요……. 전……. 누가 방금 총을 쐈죠, 아닌가요……? 그러고 계시지 말고 어서 들어오세요!」

40대인 그녀는 우아함이라고는 전혀 찾아볼 수 없으나 이목구비는 또렷한 얼굴을 갖고 있었다.

「남편은 잠시 나갔는데…….」

왼쪽에 있는 식당 문이 열려 있었고, 식탁은 아직 치우지 않은 상태였다.

「나간 지 얼마나 됐죠?」

「모르겠어요……. 아마 30분 정도…….」

부엌에서 뭔가가 움직였다.

「하인이 있습니까?」

「아뇨……. 아마 고양이일 거예요…….」

문을 연 반장은 정원 문을 통해 들어오는 미쇼네 씨를 보았다. 그의 신발에 진흙이 잔뜩 묻어 있었다. 그는 땀을 닦고 있었다.

깜짝 놀라 서로 멍하니 쳐다보는 가운데 잠시 침묵이 흘렀다.

「당신 총!」 반장이 소리쳤다.

「제 뭐요……?」

「당신 총, 빨리!」

보험업자는 바지 주머니에서 꺼낸 작은 권총을 반장에게 내밀었다. 하지만 탄환 여섯 발이 고스란히 남아 있었고, 총신은 차가웠다.

「어디서 오는 길이오?」

「저기서요…….」

「저기라니, 어딜 말하는 거요?」

「겁먹지 마요, 에밀! ……어느 누구도 감히 당신을 해치진 못할 거예요!」 미쇼네 부인이 끼어들었다. 「이건 정말이지 너무해……. 카르카손에서 치안 판사로 일하는 형부가 알면…….」

「잠깐만요, 부인, 전 지금 부군께 묻고 있습니다…….
당신은 아브랭빌에서 돌아오는 길이에요……. 거긴 뭐하
러 갔죠?」

「아브랭빌에요……? 제가요……?」

그는 부들부들 떨고 있었다. 그는 어떻게든 체신을 지
켜 보려고 했지만 허사였다. 하지만 어안이 벙벙해하는
그의 반응은 연기가 아닌 듯 보였다.

「맹세하건대, 전 저기, 세 과부 집에서 오는 길이에
요……. 그들을 직접 감시하고 싶었거든요. 왜냐하면…….」

「들판에 갔던 게 아니고? 아무 소리도 못 들었소?」

「아까 그거, 총성이었어요? ……누가 살해됐나요?」

그의 콧수염이 축 늘어졌다. 그는 위험에 빠진 아이가
엄마를 쳐다보는 눈으로 자기 아내를 쳐다봤다.

「맹세합니다, 반장님! 전 맹세코…….」

그가 발을 동동 굴러 댔고, 눈에서는 두 줄기 눈물이
흘러내렸다.

「정말 해도 해도 너무하네!」 그가 울분을 터뜨렸다.
「가만히 있는 사람 차를 훔쳐 가질 않나, 그 차 안에 시체
를 넣어 두지 않나, 장장 15년 동안 죽어라 일해 마련한
차를 돌려주는 것도 거부하더니……. 이번에는 아예 날
살인범으로…….」

「입 다물어요, 에밀! 내가 알아듣게 얘기할게요, 내

가……!」

하지만 매그레는 그녀에게 짬을 주지 않았다.

「집 안에 다른 총은 없소?」

「이 집을 지으면서 구입한 이 권총밖에 없어요……. 더군다나 이 총탄들도 총기 판매업자가 총을 팔면서 직접 장전해 준 것들이고요…….」

「정말 세 과부 집에서 오는 길이오?」

「내 차를 나중에라도 다시 훔쳐 갈까 봐 두려웠어요……. 그래서 저 나름대로 수사를 해보고 싶었죠……. 그래서 정원에 잠입…… 아니, 그게 아니라 담 위로 기어올랐지요…….」

「그들을 봤소?」

「누구요? ……그 둘요? ……안데르센 남매? 물론이죠! 그들은 거기, 거실에 있어요……. 무슨 일이 있는지 한 시간 전부터 다투고 있어요…….」

「총성을 듣고 거기서 달려온 거요?」

「예……. 하지만 그게 총성인지 확신할 수는 없었죠. 단지 그런 것 같아서…… 많이 불안했어요…….」

「혹시 다른 사람은 못 봤소?」

「못 봤어요…….」

매그레가 문으로 걸어갔다. 문을 열자마자, 그는 문턱으로 다가오는 오스카 씨를 발견했다.

「동료분이 저더러 그 여자가 사망했다고 반장님께 전해 달라고 부탁해서요……. 저희 기계공이 아르파종 군경대에 신고하러 갔습니다. 그 친구가 의사도 데려올 거고요……. 전 이제 그만 가봐도 될까요? 정비소를 비워 둘 순 없어서…….」

아브랭빌의 여인숙 한쪽 벽을 훤히 밝히고 있는 창백한 전조등 불빛과 자동차 주변을 오락가락하는 그림자들이 여전히 눈에 들어왔다.

4
감금된 여자

매그레는 고개를 숙인 채 밀 새싹이 파릇파릇 돋아나기 시작하는 들판을 천천히 거닐었다.

아침이었다. 날은 화창했고, 대기는 보이지 않는 새들의 지저귐으로 온통 진동했다. 아브랭빌의 여인숙 문 앞, 뤼카는 골드베르그 부인이 파리 오페라 광장에서 전세 내 타고 온 자동차 곁에서 보초를 서며 검찰이 도착하기를 기다리고 있었다.

다이아몬드 상인의 아내는 여인숙 2층 철제 침대에 안치되어 있었다. 의사가 전날 밤 검시하며 옷을 반쯤 벗겨 놓은 시신을 누군가 침대보로 덮어 두었다.

4월의 아름다운 하루가 시작되고 있었다. 매그레가 전날 밤 전조등 불빛에 눈이 머는 바람에 범인을 놓치고, 지금 그 흔적을 쫓아 걸음을 내딛고 있는 들판에서 농부 둘이 쌓아 놓은 무를 수레에 싣고 있었고, 말들이 한가로이 기다리고 있었다.

파노라마처럼 펼쳐진 풍경을 두 줄로 늘어선 국도변 나무들이 잘라 놓았다. 정비소의 붉은색 주유기들이 햇빛을 받아 반짝였다.

매그레는 파이프를 뻑뻑 빨아 댔다. 둔하고 고집 세고 침울한 표정으로. 들판에서 찾아낸 발자국들은, 골드베르그 부인이 카빈 소총의 탄환을 맞고 살해되었다는 것을 증명하는 듯했다. 왜냐하면 범인은 여인숙에서 30미터 거리 이내로는 접근하지 않았으니까.

평균 치수에 징을 박지 않은 신발이 남긴, 전혀 특징 없는 발자국이었다. 발자국은 활 모양을 그리며 이어졌는데, 안데르센 남매의 집, 미쇼네 부부의 집, 그리고 정비소에서 거의 같은 거리에 있는 지점에서 세 과부 교차로와 합류했다.

간단히 말해, 그것은 아무것도 증명하지 못했다! 또한 그것은 어떠한 새로운 정보도 가져다주지 못했다. 도로로 나왔을 때, 파이프를 문 매그레의 이에는 잔뜩 힘이 들어가 있었다.

오스카 씨가 지나치게 헐렁한 바지 주머니에 두 손을 찌르고 천박한 얼굴에 몹시 행복한 표정을 띤 채 문턱에 나와 있는 것이 보였다.

「벌써 일어나셨어요, 반장님?」 길 건너편에서 그가 외쳤다.

바로 그 순간, 차 한 대가 정비소와 매그레 사이에 멈춰 섰다. 안데르센의 5마력짜리 고물 차였다.

머리에는 중절모를 쓰고 입에는 담배를 문 덴마크인이 장갑 낀 손으로 운전대를 잡고 있었다. 그가 모자를 벗으며 말했다.

「잠시 말씀 좀 나눌 수 있을까요, 반장님?」

그는 차 유리를 내리며 평소처럼 깍듯이 말을 이었다.

「안 그래도 파리에 가도 되는지 반장님께 허락을 구하고 싶었습니다. 여기서 뵐 수 있지 않을까 해서 오는 길이에요……. 그럼 제가 무슨 일로 파리에 가야 하는지 말씀드리죠……. 오늘이 4월 15일입니다. 〈뒤마 에 피스〉에서 일한 대가를 받는 날이죠……. 집세를 내는 날이기도 하고요…….」

그가 사과의 뜻으로 희미한 미소를 지어 보였다.

「아시다시피, 잡스럽고 번거롭지만 하지 않을 수 없는 일들이죠. 저도 돈이 필요하니까요…….」

그가 검은색 외알박이 안경을 고쳐 쓰기 위해 잠시 벗었다. 매그레는 고개를 돌렸다. 유리 눈알의 고정된 시선과 마주치기 싫었으니까.

「누이 되시는 분은……?」

「안 그래도 그 말씀을 드리려고 했는데……. 사람을 시

켜 가끔씩 저희 집을 살펴봐 달라고 부탁드리면 결례가
될까요……?」

짙은 색 자동차 세 대가 줄줄이 아르파종 쪽 비탈을 올
라오더니, 아브랭빌 방향으로 좌회전했다.

「뭐죠……?」

「검찰……. 지난밤에 골드베르그 부인이 여인숙 맞은
편에서 차에서 내리는 순간 살해되었소…….」

매그레는 그의 반응을 살폈다. 길 건너편, 오스카 씨는
자신의 정비소 앞에서 느릿느릿 거닐고 있었다.

「살해돼요?!」 카를이 말을 받았다.

그러고는 갑자기 과민한 반응을 보이며 말했다.

「반장님! ……전 일단 파리에 가봐야 합니다. 돈도 없
이 팔짱만 끼고 있을 수는 없거든요. 특히 납품업자들이
청구서를 내미는 오늘은요……. 하지만 돌아오는 즉시 범
인을 찾아내는 데 도움을 드리고 싶습니다……. 반장님
도 허락해 주실 거죠, 네……? 구체적으로 아는 건 없지
만…… 아무래도 느낌이…… 뭐랄까……? 뭔가가 벌어지
고 있다는 걸 어렴풋이 알 것 같습니다…….」

파리에서 돌아오는 트럭 한 대가 지나가기 위해 경적을
울려 댔기 때문에 그는 차를 인도에 바짝 붙여야만 했다.

「어서 가보시오!」 매그레가 말했다.

카를이 인사를 하고는 기어를 넣기 전에 새 담배를 꺼

내 물고 불을 붙였다. 마침내 출발한 고물 차가 비탈을 내려갔다가 건너편 비탈을 천천히 기어 올라갔다.

자동차 세 대가 아브랭빌 입구에 멈춰 서 있었고, 실루엣들이 분주히 오락가락했다.

「뭐 좀 드시지 않겠어요?」

매그레는, 실실 웃으며 어떻게든 마실 것을 대접하고 싶어 하는 정비소 사장을 쳐다보며 눈살을 찌푸렸다.

매그레는 파이프에 담배를 채우며 세 과부 집을 향해 걸어갔다. 새들이 분주한 비행과 지저귐으로 키 큰 나무들을 가득 채우고 있었다. 세 과부 집으로 가려면 미쇼네 부부의 단독 주택 앞을 지나야만 했다.

창문들이 활짝 열려 있었다. 2층 침실에서 헝겊 모자를 쓴 채 열심히 양탄자를 털고 있는 미쇼네 부인이 보였다.

1층에서는 보험업자가 부착식 옷깃도 안 하고 면도도 빗질도 하지 않은 몰골로 침울하면서도 쌀쌀맞은 표정으로 도로를 내다보며 자작나무 대가 달린 해포석 파이프로 담배를 피우고 있었다. 반장을 알아본 그가 파이프를 청소하느라 여념이 없는 척하며 인사를 피했다.

잠시 후 매그레는 안데르센 남매 집 철책 문의 초인종 줄을 당겼다. 10분 동안 묵묵히 기다렸지만 아무도 나와 보지 않았다. 덧창들이 모두 닫혀 있었다. 나무들을 흥분의 도가니로 변모시키는 새들의 끊임없는 지저귐 말고는 아무 소리도 들려오지 않았다.

그가 결국 어깨를 으쓱하고는 자물쇠를 살펴본 다음 만능열쇠 중 하나를 골라 빗장을 열었다. 그는 전날처럼 거실에 난 창 겸 문으로 가기 위해 건물을 우회했다.

거실 문을 두드렸지만 이번에도 대답이 없었다. 그래서 고집이라면 누구 못지않은 매그레는 투덜거리며 거실로 들어가 판이 걸린 채 열려 있는 축음기를 흘낏 쳐다보았다.

매그레는 왜 그것을 작동시켰을까? 그 자신도 답할 수 없었으리라. 바늘이 지지직거리나 싶더니, 반장이 복도로 접어드는 순간 아르헨티나 오케스트라가 탱고를 연주하기 시작했다.

위층, 안데르센의 침실 문은 열려 있었다. 매그레는 옷장 옆에서 신발 한 켤레를 알아보았다. 금방 닦았는지 솔과 구두약 통이 곁에 놓여 있고, 마룻바닥에는 마른 진흙 가루가 성운처럼 흩뿌려져 있었다.

반장은 들판에서 발견한 발자국의 윤곽을 떠놓은 종이를 꺼내 비교해 보았다. 유사성은 확실했다.

하지만 그는 움찔하는 반응조차 보이지 않았다. 크게 기뻐하는 것 같지도 않았다. 그저 잠에서 깨어났을 때처럼 침울한 표정으로 담배만 계속 피워 댔다.

바로 그때 여자 목소리가 들려왔다.

「자기야……?」

반장은 대답을 망설였다. 말을 한 여자는 보이지 않았다. 목소리는 분명 잠겨 있는 엘세의 방에서 들려왔다.

「나요…….」 그가 결국 가능한 한 불분명하게 목소리를 변조하며 웅얼거렸다.

꽤 길게 이어지는 침묵. 그리고 갑자기 다시 목소리가 들렸다.

「거기 누구세요……?」

속임수를 쓰기에는 너무 늦어 버렸다.

「어제 왔던 기동 수사대 반장이오……. 잠시 얘길 좀 나눴으면 하는데…….」

또다시 침묵. 매그레는 가는 빛줄기가 밑줄을 그어 놓은 문 건너편에서 그녀가 뭘 하고 있을까 짐작해 보려고 애썼다.

「듣고 있으니 말씀해 보세요…….」 그녀가 마침내 말했다.

「문 좀 열어 주지 않겠소……. 옷을 안 입었다면 기다릴 수도 있어요…….」

또다시 짜증을 돋우는 침묵. 그리고 작은 깔깔거림.

「어려운 걸 요구하시네요, 반장님!」

「왜요?」

「왜냐하면 전 지금 갇혀 있거든요……. 그러니까 그냥

문밖에서 말씀하셔야 할 것 같아요…….」

「누가 당신을 가뒀죠?」

「오빠 카를이요……. 오빠가 외출할 때면 제가 그렇게 해달라고 부탁해요. 제가 워낙 부랑자들을 무서워하거든요…….」

매그레는 아무 말 없이 주머니에서 만능열쇠를 꺼내 소리를 내지 않고 자물쇠에 끼워 넣었다. 목이 살짝 메어 왔다. 불순한 생각들이 뇌리를 스쳤기 때문은 아니었을까?

아닌 게 아니라, 잠금 장치가 풀렸을 때도 그는 곧바로 문을 밀지 않고 이렇게 예고하는 쪽을 택했다.

「이제 들어가겠소, 마드무아젤…….」

묘한 느낌. 조금 전만 해도 햇빛 한 점 들지 않는 음산한 복도에서 있던 그가 갑자기 빛의 무대로 들어섰던 것이다.

덧창들은 닫혀 있었다. 하지만 덧창의 가로 오리목 창살 사이로 굵은 빛 다발들이 쏟아져 들어오고 있었다. 방 전체가 마치 어둠과 빛의 퍼즐 같았다. 벽들, 물건들, 엘세의 얼굴도 환하게 빛나는 파편들로 토막토막 잘라진 것처럼 보였다.

거기다가 젊은 처녀의 은은한 향수 냄새, 불분명하고 세세한 다른 많은 것들, 즉 안락의자에 던져 놓은 비단 란제리, 칠기 원탁 위 자기 사발 속에서 타고 있는 동양 담배

한 개비, 끝으로 새빨간 목욕 가운 차림으로 침상의 검은 색 벨벳 위에 누워 있는 엘세까지.

그녀는 장난기와 놀라움이 — 아마 눈곱만큼의 공 포도 — 묻어나는 눈을 휘둥그레 뜨고 매그레가 다가오 는 것을 쳐다보았다.

「뭐 하시는 거예요?」

「당신과 얘길 나누고 싶었소⋯⋯. 방해가 됐다면 부디 용서해 주시구려⋯⋯.」

그녀는 계집아이처럼 웃었다. 그 순간 한쪽 어깨에서 목욕 가운이 흘러내렸고, 그녀가 다시 추켜올렸다. 그녀 는 방 안 전체와 마찬가지로 햇빛 줄무늬가 새겨진 낮은 침상에 몸을 웅크린 채 누워 있었다.

「보시다시피⋯⋯ 전 딱히 하는 일도 없는걸요⋯⋯. 전 늘 아무것도 안 해요⋯⋯!」

「왜 파리에 가는 오빠를 따라나서지 않았죠?」

「오빠가 싫어해서요. 사업상의 만남에 여자가 끼면 방 해가 된대요⋯⋯.」

「절대 집을 벗어나지 않습니까?」

「아뇨! 가끔 산책하러 정원에⋯⋯.」

「그게 다요?」

「정원이 3헥타르나 돼서⋯⋯. 그 정도면 굳은 다리를 풀 기엔 충분하죠, 안 그래요⋯⋯? 좀 앉으세요, 반장님⋯⋯.

남몰래 여기 들어오신 반장님을 보니 재미있네요…….」

「그게 무슨 뜻이오?」

「오빠가 돌아오면 묘한 표정을 지을 거라는 뜻이에요. 애 엄마보다 더 무시무시하거든요……. 질투심에 사로잡힌 연인보다 더! 절 보살펴 주는 게 오빠라서요……. 반장님도 눈치채셨겠지만, 오빠는 자기 역할을 아주 심각하게 여긴답니다…….」

「부랑자들이 무서워 당신 스스로 갇히길 원한 걸로 알았는데…….」

「그것도 있어요……. 혼자 지내는 데 워낙 익숙해져서 결국에는 사람들을 무서워하게 됐죠…….」

매그레는 안락의자에 앉았고, 양탄자 위에 중산모를 내려놓았다. 그리고 엘세가 쳐다볼 때마다 슬쩍 고개를 돌렸다. 그 야릇한 눈길에는 도무지 익숙해지지 않았으니까.

전날, 그녀는 그저 신비롭게만 보였다. 어슴푸레한 빛 속에서 거의 엄숙하기까지 한 모습의 그녀는 흡사 영화 속 여주인공 같았고, 그녀가 하는 말에는 연극적인 데가 있었다.

이제 매그레는 이 여자의 인간적인 측면을 찾아내려고 애쓰고 있었다. 그런데 이젠 다른 점이, 콕 집어 말하자면, 맞대면의 내밀함이 그를 거북하게 했다.

향수 냄새 짙게 밴 침실에서 젊은 아가씨가 목욕 가운 차림으로 누워 맨발 끝에 걸린 실내화를 까닥거리고 있고, 중년의 매그레는 중산모를 바닥에 내려놓고 살짝 얼굴을 붉힌 채…….

잡지 『라 비 파리지엔』[3]에 삽화로 들어갈 법한 판화 같지 않았을까?

서툴게도, 그는 당황해서 재도 떨지 않은 파이프를 주머니에 쑤셔 넣었다.

「이렇게 갇혀 지내면 심심하지 않소?」

「그렇기도 하고…… 아니기도 해요……. 궐련도 피우세요……?」

그녀가 띠에 20.65프랑이라고 찍힌 터키 담배 공사의 담뱃갑을 가리켰다. 매그레는 그들 남매가 겨우 2천 프랑으로 한 달을 버틴다는 사실을, 카를이 집세와 재료 대금을 지불하기 한 시간 전에 보수를 받으러 부리나케 파리로 달려가야만 했다는 사실을 떠올렸다.

「담배를 많이 피웁니까?」

「하루에 한두 갑 정도…….」

그녀가 그에게 섬세한 문양이 새겨진 라이터를 건네고

---

3 *La Vie Parisienne*. 1863년에 창간되어 20세기 초엽에 인기를 끌었던 남성 잡지. 파리 사교계 정보, 패션, 여행, 연극 등을 주로 다루었고, 토요일마다 발행되었다. 벗은 여자의 그림이 많이 실린 것으로 유명하다.

는 가슴을 내밀며 숨을 내쉬었다. 그러자 가운의 가슴 언저리가 더욱 깊이 파였다.

하지만 반장은 그녀를 섣불리 판단하지 않았다. 고급 호텔만 돌아다니며 열리는 사교계 모임에서도 소시민이라면 분명 창녀로 여길 사치스러운 외국 여자들을 본 적이 있었으니까.

「혹시 오빠가 어젯밤에 외출을 했소?」

「외출요……? 모르겠는데요…….」

「그와 언쟁을 벌이며 저녁 시간을 보내지 않았나요……?」

그녀는 싱긋이 웃으며 진주처럼 아름다운 이를 드러냈다.

「누가 그러던가요……? 오빠가요……? 가끔 말다툼을 벌이긴 하지만 서로 점잖게……. 맞아요! 어제는 반장님께 대접을 잘못했다고 제가 뭐라고 좀 했어요. 오빠는 너무 비사교적이에요! 아주 어렸을 때부터…….」

「덴마크에서 자랐소?」

「예……. 발트 해 연안의 큰 성에서요……. 회색빛 덤불에 에워싸인 새하얗고 슬픈 성이었죠……. 그 고장에 가본 적 있으세요? ……얼마나 음산한지! ……하지만 또 얼마나 아름다운지…….」

그녀의 눈길이 향수에 젖어 들었고, 몸이 관능적으로 전율했다.

「우리 집은 부유했어요……. 하지만 부모님은 신교도들이 대부분 그렇듯 아주 엄격했죠. 전 종교에는 관심이 없었어요. 하지만 카를은 여전히 신자예요……. 양심의 가책에 빠져들어 전 재산을 잃은 아버지보다는 덜 독실하지만……. 카를과 전 그곳을 떠났어요…….」

「3년 전에?」

「예……. 오빠는 원래 궁정의 고관이 될 운명을 타고난 사람이었는데…… 지금은 흉측한 그림을 그려 생활비를 벌어야 하는 처지에 놓였죠……. 파리에서 이류, 심지어 삼류 호텔까지 전전하면서 오빠는 몹시 불행해했어요……. 왕세자를 가르치던 가정 교사 밑에서 교육을 받았거든요……. 그래서 차라리 이곳에 묻혀 사는 쪽을 택했어요…….」

「그러면서 당신도 같이 묻어 버렸죠.」

「예……. 하지만 전 습관이 돼서 괜찮아요……. 부모님 성에서 늘 갇혀 지내다시피 했거든요……. 친구가 될 만한 여자애들도 있었는데, 신분이 너무 낮다는 이유로 어울리지 못하게 했죠…….」

그녀의 얼굴 표정이 의아할 정도로 돌변했다. 그녀가 물었다.

「카를이 정말…… 음, 뭐랄까……? 비정상적으로 변했다고 생각하세요?」

그녀가 반장의 의견을 빨리 듣고 싶다는 듯 몸을 앞으로 기울였다.

　「그럼 당신은 카를이······?」 매그레가 놀라 물었다.

　「그 말이 아니에요! 전 아무 말도 안 했어요! 죄송해요······. 반장님이 자꾸 말을 시키는 바람에······. 이유는 모르겠지만, 왠지 반장님한테는 신뢰가 가요······. 그래서······.」

　「그가 가끔 이상하게 굽니까?」

　그녀가 지쳤다는 듯 어깨를 으쓱했다. 그러고는 다리를 꼬았다가 풀고는 목욕 가운 자락 사이로 잠시 반짝이는 살을 드러내며 일어났다.

　「제가 무슨 말을 해주길 바라세요? 저도 더는 모르겠어요······. 그 자동차 사건 이후로······. 오빠가 왜 알지도 못하는 사람을 죽였겠어요······?」

　「이자크 골드베르그를 한 번도 본 적이 없는 게 확실합니까?」

　「예······ 그런 것 같아요······.」

　「둘 다 안트베르펜에는 가본 적도 없고······?」

　「3년 전에 코펜하겐에서 오면서 하룻밤 묵은 적은 있어요······. 하지만 오빠는 그런 짓을 할 수 있는 사람이 아니에요······. 약간 이상해지긴 했지만, 전 그게 파산보다는 그 사고 때문일 거라고 확신해요. ······오빠는 멋진 청년이었죠……. 외알박이 안경을 낀 지금도 여전히 멋지긴 하지만…… 그건 다르죠, 안 그래요? 그 검은 안경을 벗고 여자에게 키스하는 모습을 상상할 수 있겠어요? 불그스름한 살 속에 고정된 그 눈을 하고…….」

그녀가 몸을 떨었다.

「분명히 그게 오빠가 숨어서 지내는 주된 이유일 거예요…….」

「하지만 그럼으로써 그는 당신도 감춰 두고 있어요!」

「그게 어때서요?」

「당신은 희생당하고 있…….」

「그게 여자, 무엇보다 누이의 역할인걸요……. 프랑스에서는 꼭 그렇지만은 않지만……. 영국과 마찬가지로 덴마크에서도 한 집안에서 중요한 건 상속자인 장남뿐인걸요…….」

그녀는 화가 치미는 듯 담배를 뻑뻑 피워 댔다. 빛의 줄무늬가 그녀 위에서 서서히 사위어 가는 동안, 그녀는 방 안을 오락가락했다.

「아뇨! 카를은 그런 짓을 저지를 사람이 아니에요. 뭔가 오해가 있을 거예요……. 반장님도 그걸 깨달았기 때문에 그를 풀어 준 것 아닌가요……? 혹시…….」

「혹시……?」

「반장님 입으로 절대 털어놓지는 않겠지만, 경찰이 확

실한 증거가 없을 땐 나중에 꼼짝 못하게 덜미를 잡으려고 피의자를 풀어 주기도 한다는 건 저도 알고 있어요. 만약 그렇다면 정말 가증스러운 일이 될 거예요!」

그녀가 담배를 사발에 비벼 껐다.

「우리가 이 음산한 교차로를 고르지만 않았어도……. 가엾은 카를, 그렇게 외진 곳만 찾더니! 하지만 반장님, 우린 파리의 가장 번화한 동네에 있는 것보다 덜 외롭답니다! 맞은편에 사는 저 사람들, 우리를 염탐하는 저 까칠하고 우스꽝스러운 소시민들……. 특히 아침에는 하얀 헝겊 모자를 쓴 채, 오후에는 머리를 비뚤게 틀어 올린 채 모습을 드러내는 그 아줌마……. 그리고 좀 더 멀리 그 정비소……. 말하자면 같은 간격을 두고 대치하는 세 무리, 세 진영…….」

「미쇼네 부부와는 왕래가 있소?」

「아뇨! 남자가 보험에 들라며 한 번 찾아왔었는데, 카를이 좋은 말로 돌려보냈어요…….」

「정비소 사장은?」

「그 사람은 여기 발을 들여놓은 적 없어요…….」

「일요일 아침에 달아나자고 했던 것도 당신 오빠였소?」

그녀는 고개를 숙이고 뺨을 붉힌 채 한참 입을 다물고 있었다.

「아뇨…….」 그녀가 마침내 겨우 알아들을 수 있는 목소리로 한숨 쉬듯 말했다.

「당신이었소?」

「예, 저였어요…… . 깊이 생각해 보지 않고 그만…… .
카를이 범죄를 저질렀을 수도 있다는 생각을 하니 미칠
것만 같았죠…… . 그 전날 그가 불안해하는 걸 봤거든
요…… . 그래서 제가 그를 끌고 갔어요…… .」

「그가 자신은 결백하다고 맹세하지 않던가요?」

「그랬어요…… .」

「그런데도 그를 믿지 않았소?」

「당장은 안 믿었어요.」

「그럼 지금은……?」

그녀는 모든 음절을 또박또박 발음하기 위해 천천히 말
했다.

「카를이 비록 많은 불행을 겪긴 했지만 완벽히 자의
로 나쁜 짓을 저지를 수 있는 사람은 아니라고 생각해
요…… . 하지만 반장님…… 그가 이제 곧 돌아올 거예
요…… . 반장님이 여기 계신 걸 보면, 그가 무슨 생각을
할까 모르겠네요…… .」

그녀가 도발까지는 아니어도 어쨌거나 교태가 섞인 미
소를 지어 보였다.

「그를 보호해 주실 거죠, 그렇죠? ……그를 궁지에서 꺼
내 주실 거죠……? 그렇게만 해주시면 정말 고맙겠어요!」

그녀가 그에게 손을 내밀었다. 그 동작 때문에 다시 한 번 목욕 가운이 살짝 벌어졌다.

「그럼 안녕히 가세요, 반장님…….」

반장은 모자를 집어 들고 어정쩡하게 방을 나섰다.

「카를이 아무것도 눈치 못 채게 문 좀 도로 잠가 주시 겠어요……?」

잠시 후 층계를 내려온 매그레는 서로 어울리지 않는 가구들이 놓인 거실을 가로질러 벌써 뜨거워진 태양 광 선이 가득히 내리쬐는 테라스로 나갔다.

차들이 붕붕거리며 도로를 질주했다. 반장이 다시 닫 았을 때, 철책 문은 삐걱거리지 않았다.

그가 정비소 앞을 지나가는데, 누군가 빈정거리듯 소리 쳤다.

「거 참 잘됐네! 보아하니 반장님은 겁이 없으신 것 같 으니!」

서민적이고 명랑한 오스카 씨였다. 그가 덧붙였다.

「자자! 이번에는 마다하지 마시고 들어와서 뭐 좀 드 세요! 검찰에서 나온 분들은 이미 출발했어요. 그러니 잠 시 짬이 있으실 것 아닙니까!」

반장은 망설이다가 기계공이 바이스에 쇳조각을 끼워 놓고 줄로 가는 소리에 인상을 찡그렸다.

「10리터!」 주유기 옆에 차를 세운 운전기사가 외쳤다.

「안에 아무도 없어요?」

여전히 면도도 하지 않고 부착식 옷깃도 안 한 미쇼네 씨가 손바닥만 한 정원에 서서 철책 너머로 도로를 바라보고 있었다.

「드디어!」 자신을 따라나설 채비를 하는 매그레를 본 오스카 씨가 외쳤다. 「난 격식을 차리지 않는 사람이 좋다니까! 역시 세 과부 집 귀족 나부랭이와는 다르셔……!」

5
버려진 자동차

「이리 오세요, 반장님! 으리으리하진 않죠, 엥? 기름밥 먹고 사는 공돌이에 지나지 않는지라……」

그가 정비소 뒤편에 위치한 집 문을 밀고는, 식탁 위에 아침 식사 때 쓴 식기들이 아직 널려 있는 것으로 보아 식당으로 쓰는 게 분명한 부엌으로 들어갔다.

두꺼운 분홍색 면직물 가운을 걸친 여자 하나가 구리 수도꼭지를 닦다가 동작을 멈췄다.

「어이, 이리 와봐, 이분은 매그레 반장님이셔……. 제 마누랍니다, 반장님! 하녀를 둘 수도 있겠지만…… 그러면 저 사람, 할 일이 없어 심심해할 것 같아서……」

서른 살가량 되어 보이는 추하지도 예쁘지도 않은 여자였다. 그녀의 흐트러진 실내복 차림은 극히 수더분해서 조금도 야하지 않았다. 그녀는 남편의 눈치를 살피며 매그레 앞에 어정쩡하게 서 있었다.

「아페리티프 좀 내와, 어서! 수출용 카시스 주 어떻습니까, 반장님? ……거실로 안 모셔도 되겠어요? ……상관 없다고요? 잘됐네요! 전 격식 같은 건 안 따지거든요! 안 그래, 마누라? ……아니! 그 잔 말고! ……큰 잔으로!」

그가 의자에 앉아 몸을 뒤로 젖혔다. 그는 조끼는 입지 않은 채 분홍색 셔츠만 걸치고 있었다. 그가 불룩 나온 배에 두른 허리띠에 손을 끼우며 말했다.

「세 과부 집 아가씨, 뇌쇄적이죠, 안 그래요? 제 마누라 앞에선 그 얘기 안 꺼내는 게 좋습니다……. 우리끼리 얘기지만, 남자에게 주기에 딱 좋은 선물이죠……. 다만, 오빠가 있어서……. 정말 오빠인지 알 게 뭐람! 그녀를 염탐하며 시간을 보내는 슬픈 얼굴의 기사……. 이곳 사람들 말로는 그 사람 한 시간이라도 집을 비울 때면 그녀를 방에 가두고 문을 잠가 버린답니다……. 밤에도 늘 그런대요……. 반장님이 보기에는 그게 오누이 사이에 할 짓 같으세요? 반장님의 건강을 위해 건배! ……어이 마누라, 조조한테 가서, 라르디에서 온 친구 트럭 고쳐 놓는 거 잊지 말라고 해…….」

5마력짜리 고물 차를 연상시키는 엔진 소리를 듣고는 매그레가 창 쪽을 돌아봤다.

「아니에요, 반장님! 전 여기서 눈을 감고도 도로에 무슨 차가 지나가는지 정확하게 말씀드릴 수 있습니다. 저 고물 차는…… 전기 공장 기사 차예요. 애꾸눈 귀족이 돌아오길 기다리세요?」

선반에 놓인 자명종이 11시를 가리켰다. 열린 문을 통해, 벽에 전화기가 달린 복도가 내다보였다.

「좀 드세요. 반장님의 성공적인 수사를 위하여 건배! ……이번 사건 정말 재미있다고 생각하지 않으세요? 자동차를 바꿔 놓을 생각을, 무엇보다 맞은편 집 멍청이한테서 6기통 새 차를 슬쩍할 생각을 하다니! ……그 양반, 아닌 게 아니라 멍청이거든요! ……맹세하건대, 이웃으로서 재미 실컷 봤습니다그려! 반장님이 어제부터 오락가락하시는 걸 보고 있자니 얼마나 재미있던지……. 특히 모두를 의심하는 표정으로 사람들을 삐딱하게 쳐다보시는 모습 말이에요……. 제 마누라 사촌도 경찰에서 일한 적이 있는데…… 도박 단속반으로요! ……그 친구, 오후에는 경마장에서 살다시피 했는데, 무엇보다 재미있는 건 그 친구가 저한테 경마 정보를 슬쩍 흘렸다는 거예요……. 반장님의 건강을 위하여! 뭐야, 일 다 끝났어……?」

「예…….」

막 돌아온 젊은 여자가 무엇을 할지 궁리하며 잠시 서 있었다.

「이리 와! 우리랑 같이 한잔해……. 반장님은 체면 같은 거 안 따지셔. 그리고 머리에 클립을 말고 있다고 자네 건강을 위해 건배하는 걸 거절하진 않……」

「전화 한 통 써도 되겠소?」 매그레가 말을 끊었다.

「물론이죠! 파리에 거시는 거면 바로 연결해 줄 겁니다.」

반장은 우선 전화번호부에서 카를 안데르센이 돈을
받으러 가기로 되어 있던 직물 제조사 〈메종 뒤마 에 피
스〉의 번호를 찾았다.

통화는 짧았다. 전화를 받은 경리부 직원은 그날 안데
르센에게 2천 프랑을 지불할 예정이라고 확인해 주고는,
그가 아직 9월 4일 가에 오지 않았다고 덧붙였다.

매그레가 부엌으로 돌아오자, 오스카 씨가 보란 듯이
손바닥을 비비대며 말했다.

「그런데 말이죠, 반장님께만 솔직하게 털어놓자면, 전
이번 일 아주 즐겁습니다……. 왜냐하면 제가 이런 일엔
빠삭하거든요! 교차로에서 사건이 벌어집니다……. 근
데 교차로에는 집이 세 채밖에 없어요……. 당연히 경찰
은 세 집 모두를 의심하죠……. 에이! 아닌 척하지 마세
요……. 반장님이 절 의심의 눈길로 쳐다보신다는 걸, 그
래서 저랑 같이 한잔하길 망설이신다는 걸 진작 알아차
렸으니까요! ……집 세 채! ……보험업자는 범죄를 저지
르기에는 너무 덜떨어져 보이고……. 애꾸눈 귀족은 감
히 범접할 수 없는 신사! ……그러면 이 몸, 천신만고 끝
에 정비소 사장이 된, 하지만 남 험담할 줄 모르는 이 불

쌍한 공돌이밖에 안 남는데……. 게다가 전직 권투 선수!
〈뾰족탑〉[4]에 저에 대한 정보를 문의해 보시면, 일제 단속
에 두세 번 걸린 적이 있다고 대답할 겁니다. 특히 제가
권투 선수였던 시절에 라페 가로 자바 춤 추러 가길 좋아
했거든요……. 한번은 못살게 구는 순경 면상을 박살 낸
적도 있고요……. 반장님의 건강을 위해!」

「됐소이다…….」

「어이구, 딱 한 잔만 하세요! ……수출용 카시스 주, 이
거 마시고 어떻게 된 사람 아무도 없으니까……. 저는요,
화끈하게 까놓는 거 좋아합니다……. 반장님이 절 의심
의 눈초리로 쳐다보면서 정비소 주변을 뱅뱅 도시는 거,
저 감질나서 못 참겠어요……. 안 그래, 마누라? ……내가
어젯밤에도 당신한테 그랬잖아? 반장님 또 저기 계시네!
……후딱 좀 들어오시지! 구석구석 찾아보고 샅샅이 뒤
져 보시지! 그런 다음 내가 더없이 솔직하고 선량한 놈이
라는 걸 인정하시지……. 이번 사건에서 무엇보다 흥미로
운 건 차들이에요……. 왜냐하면 결국은 차에 얽힌 사건
이니까요…….」

11시 반! 매그레는 일어섰다.

「전화 한 통 더…….」

그는 근심 어린 표정으로 파리 수사국을 대달라고 했

4 Tour pointue. 파리 경찰청의 별칭.

고, 한 형사에게 모든 군경대와 국경 검문소에 연락해 안데르센의 고물 차를 수배하라고 지시했다.

아페리티프를 벌써 넉 잔이나 비운 오스카 씨는 뺨이 벌게져 있었고, 눈은 더욱 매섭게 번뜩였다.

「저희와 함께 송아지 스튜 드시는 거, 물론 거절하시겠죠? ……특히 저희는 그냥 부엌에서 식사를 하거든요……. 좋습니다! 저기 그로뤼모의 트럭이 레 알 시장에서 돌아오는군……. 잠깐 실례해도 될까요, 반장님……?」

그가 나갔다. 매그레는 나무 국자로 냄비를 젓고 있는 젊은 여자와 단둘이 남았다.

「남편분이 아주 쾌활하군요!」

「예……. 성격이 밝아요…….」

「경우에 따라서는 거칠기도 하고요, 안 그렇습니까?」

「자기 말에 토 다는 걸 싫어하죠……. 하지만 선량한 사람이에요…….」

「바람기도 약간 있고요?」

그녀는 대답하지 않았다.

「보아하니 가끔 진탕 마시며 놀기도 할 것 같은데…….」

「남자들이 다 그렇죠 뭐…….」

그녀의 목소리가 신랄해졌다. 정비소 쪽에서 대화의 메아리가 들려왔다.

「거기 봐! ……됐어! ……그래. 뒷바퀴 타이어는 내일 아침에 갈아 줄게…….」

오스카 씨가 흥에 겨운 모습으로 돌아왔다. 노래라도 한 곡 부르고, 떠들썩하게 한바탕 놀고 싶어 하는 기색이 역력했다.

「정말 저희랑 함께 식사 안 하시겠어요, 반장님? 지하 창고에서 오래된 포도주도 꺼내 올 겁니다! ……또 무슨 일로 그렇게 인상이 굳어 있는 거야, 제르멘? 아, 여자들이란! 기분이 단 두 시간도 못 돼서 바뀐다니까!」

「고맙지만…… 난 좀 걸어야겠소이다…….」

밖으로 나온 매그레는 뙤약볕이 내리쬐는 뜨거운 대기 속으로 빨려 들어갔다. 아브랭빌로 가는 길에서는 노랑나비 한 마리가 길이라도 안내하듯 앞장서서 팔랑거리며 날아갔다.

그는 여인숙에서 1백 미터가량 떨어진 곳에서, 맞은편에서 오던 뤼카 형사와 마주쳤다.

「어떻게 됐나?」

「반장님께서 생각하신 대롭니다! 의사가 총알을 뺐는데…… 카빈 소총 총알이었어요…….」

「다른 건 없고?」

「있습니다! 파리에서 온 정보인데……. 이자크 골드베르그가 스포츠카처럼 늘씬하게 빠진 미네르바를 타고 파리에 도착했답니다. 이동할 때면 늘 직접 몰고 다닌다는

군요……. 파리에서 교차로로 올 때도 분명 그 차를 몰고 왔을 겁니다…….」

「그게 단가?」

「벨기에 경찰청 쪽 정보를 기다리고 있습니다.」

골드베르그 부인이 내리다가 살해당한 전세 자동차는 운전기사와 함께 이미 떠나고 없었다.

「시신은?」

「검찰이 아르파종으로 실어 갔습니다……. 수사 판사가 불안해하고 있어요……. 반장님께 서두르라고 전해 달라고 하더군요……. 무엇보다 브뤼셀과 안트베르펜 신문들이 이번 사건에 대해 떠들어 댈까 봐 걱정이 태산이에요…….」

매그레는 콧노래를 흥얼거리며 여인숙으로 들어가 자기 식탁으로 가서 앉았다.

「여기 전화기가 있나?」

「예! 하지만 12시부터 오후 2시까지는 불통인데, 지금이 12시 반입니다…….」

반장은 아무 말 없이 식사를 했다. 뤼카는 그가 다른 뭔가에 정신이 팔려 있다는 것을 알아차렸다. 여러 차례 대화를 시도해 봤지만 반응이 없었으니까.

봄의 시작을 알리는 아주 아름다운 며칠 중 하루였다. 식사를 마친 매그레는 의자를 마당으로 끌고 나가 벽 근처, 모이를 쪼는 암탉과 오리들 사이에 떡하니 놓고 앉아 햇빛을 즐기며 30분 동안 꾸벅꾸벅 졸았다.

하지만 2시 정각, 그는 언제 졸았냐는 듯 일어나 전화기에 매달렸다.

「여보세요! ……수사국? ……5마력짜리 고물 차는 아직 못 찾았나?」

그가 마당을 빙빙 돌기 시작했다. 10분 뒤 누가 전화로 그를 찾았다. 오르페브르 가였다.

「매그레 반장님? ……방금 죄몽에서 전화가 걸려 왔는데요…… 자동차가 거기 있답니다. 역 맞은편에 버려져 있었다는군요……. 차 주인이 도보나 기차로 국경을 넘는 방법을 택한 것 같답니다…….」

잠시 전화를 끊은 매그레는 다시 〈메종 뒤마 에 피스〉를 부탁했다. 직물 회사 측은 카를 안데르센이 여전히 나타나지 않고 있다고 대답했다.

3시 무렵 매그레가 뤼카를 대동하고 정비소 근처를 지나고 있을 때, 오스카 씨가 자동차 뒤에서 불쑥 나타나 쾌활한 목소리로 외쳤다.

「잘돼 갑니까, 반장님?」

매그레는 손만 까딱여 대답하고는 세 과부 집 쪽으로 가던 길을 계속 갔다.

미쇼네 씨 집의 문과 창문들은 모두 닫혀 있었다. 하지만 이번에도 그들은 식당 창문 커튼이 흔들리는 것을 보았다.

정비소 사장의 흥겨운 기분과 빈정대는 듯한 인사에 밸이 뒤틀렸는지 매그레는 애꿎은 담배만 뻑뻑 피워 댔다.

「안데르센이 달아난 것을 보면······」 뤼카가 반장의 불편한 심기를 건드리지 않기 위해 조심스럽게 입을 열었다.

「여기 있게!」

반장은 그날 아침처럼 우선 세 과부 집 정원으로, 이어 집 안으로 들어갔다. 거실로 들어선 그는 코를 킁킁거리며 냄새를 맡고는 재빨리 주변을 둘러보았다. 모서리마다 담배 연기가 미처 흩어지지 못한 채 길게 떠다녔다.

그리고 아직 식지 않은 담배 냄새가 거실에 자욱했다.

그는 복도로 들어서기 전 권총 손잡이로 손을 가져갔다. 본능적인 움직임이었다. 복도로 들어선 그는 축음기에서 흘러나오는 음악을 감지했고, 그것이 그가 그날 아침에 틀었던 탱고라는 것을 알아차렸다.

소리는 엘세의 침실에서 들려왔다. 그가 노크하자 음악이 뚝 끊겼다.

「누구세요?」

「반장이오······」

작은 웃음소리.

「그렇다면 들어오기 위해 해야 하는 작업을 아시겠네요……. 전 열어 드릴 수가 없어요……」

만능열쇠가 또다시 사용되었다. 젊은 여자는 옷을 갖춰 입고 있었다. 전날 밤과 같은 차림, 몸매를 강조하는 검은색 드레스 차림이었다.

「오빠가 돌아오지 못하게 반장님이 막으신 건가요?」

「아뇨! 파리로 출발한 뒤로는 보지도 못했소.」

「그렇다면 〈뒤마 에 피스〉에서 돈을 준비해 두지 않은 모양이네요. 오후에 다시 들러야 하는 경우가 종종 있어요……」

「당신 오빠는 벨기에 국경을 넘으려 했소……. 그리고 아무래도 성공한 것 같소……」

그녀가 못 믿겠다는 듯 아연실색한 표정으로 반장을 쳐다보았다.

「카를이요?」

「예.」

「저를 떠보려고 그러시는 거죠, 그렇죠?」

「몰 줄 아시오?」

「뭘요?」

「자동차.」

「아뇨! 오빠가 절대 가르쳐 주려 하지 않았어요.」

매그레는 입에서 파이프를 빼지 않았고, 모자도 계속

쓰고 있었다.

「이 방에서 나간 적 있소?」

「제가요?」

그녀가 웃었다. 진주 같은 이가 드러나는 환한 웃음. 그리고 그녀에게서 미국 영화인들이 〈섹스어필〉이라 칭하는 것이 그 어느 때보다 진하게 풍겼다.

아름답지만 매혹적이지 않은 여자도 있다. 한편 생김새는 덜 세련돼도 확실히 욕망이나 감상적인 향수를 불러일으키는 여자도 있다.

엘세는 그 둘 모두를 불러일으켰다. 그녀는 여인인 동시에 어린아이였다. 그녀에게서 풍기는 분위기는 관능적이었다. 하지만 그녀가 똑바로 쳐다볼 때, 반장은 그녀에게서 어린 계집아이의 맑은 눈동자를 발견하고 깜짝 놀라곤 했다.

「반장님께서 무슨 말씀을 하시는지 이해가 안 돼요.」

「채 30분도 안 된 것 같은데, 누군가 1층 거실에서 담배를 피웠소.」

「누가요?」

「내가 묻고 싶은 바요.」

「제가 그걸 어떻게 알겠어요?」

「오늘 아침, 축음기는 아래층에 있었소.」

「그럴 리가요! 아래층에 있던 축음기가 어떻게……. 설마……! 반장님! 설마 절 의심하는 건 아니겠죠? ……반장님 표정이 이상해요……. 카를은 어디 있죠……?」

「다시 한 번 말하지만, 그는 국경을 넘었소.」

「사실이 아니에요! 그럴 리 없어요! 그가 도대체 왜 그랬겠어요? ……오빠가 절 여기 혼자 두고 달아났을 리 없어요! ……말도 안 돼! ……곁에 아무도 없이 난 어쩌라고……?」

몹시 당황스러운 상황이었다. 그녀는 중간 단계도 없이, 큰 몸짓을 취하거나 언성을 높이지도 않고, 보기 안쓰러울 수준의 비장함에 도달했다. 그것은 눈빛에서 드러났다. 뭐라 표현할 수 없는 혼란. 망연자실과 애원의 표현.

「진실을 말해 주세요, 반장님! 카를은 범인이 아니죠, 그렇죠……? 그가 범인이라면, 아마 미쳐 버렸기 때문일 거예요……! 전 믿고 싶지 않아요! 전 그게 두려워요……. 그의 가족 중에…….」

「미친 사람들이 있소?」

그녀가 고개를 돌렸다.

「예…… 할아버지요……. 미쳐서 발작을 일으키다 돌아가셨거든요……. 고모 중 한 분은 정신병원에 갔혔고요……. 하지만 오빠는 아니에요! ……그럴 리가 없어요! 제가 잘 알아요…….」

「점심 식사 안 했소……?」

그녀가 움찔하더니 주변을 둘러보고는 놀란 표정으로 대꾸했다.

「안 했어요!」

「그런데도 시장하지 않소? 오후 3시가 넘었는데……」

「그러고 보니 배가 고픈 것 같기도 하네요……」

「그렇다면 가서 뭐 좀 먹어요……. 더 이상 여기 갇혀 있을 이유가 없으니까……. 당신 오빠는 돌아오지 않을 거요……」

「그렇지 않아요! ……오빠는 돌아올 거예요! ……절 혼자 버려두고 달아났을 리가 없어요……」

「나갑시다……」

　매그레는 이미 복도에 나와 있었다. 그는 눈썹을 찌푸린 채 계속 담배를 피워 댔다. 그는 젊은 여자에게서 잠시도 눈을 떼지 않았다.

　엘세가 지나가면서 매그레의 몸을 스쳤지만 그는 무감각한 태도를 보였다. 아래층으로 내려가자 그녀는 더욱 당혹스러운 듯 보였다.

「카를이 늘 식사 시중을 들어 줬는데……. 전 먹을 게 뭐가 있는지조차 몰라요……」

　어쨌거나 부엌에는 연유 한 통과 낱개로 판매하는 케이크 한 쪽이 있었다.

「못 먹겠어요……. 신경이 곤두서서……. 절 혼자 있게 해주세요! ……아니! 절 혼자 내버려 두지 마세요. ……전이 끔찍한 집을 좋아해 본 적이 없어요. ……저기 저건 뭐죠……?」

그녀가 유리문을 통해 정원 오솔길에 몸을 둥글게 말고 있는 동물을 가리켰다. 평범하게 생긴 고양이!

「전 동물이라면 질색이에요! 전 시골이 끔찍이 싫어요! 사람을 소스라치게 만드는 온갖 소리, 삐걱거리는 소리……. 특히 밤에는……. 밤마다 어디선가 부엉이가 소름 돋는 무시무시한 소리를 내며 울어 대고…….」

문득도 그녀를 겁먹게 하는 모양이었다. 마치 사방에서 적들이 불쑥 나타나기라도 할 듯 그것들을 바라보았으니까.

「여기서 혼자 자지 않을 거예요……! 싫어요……!」

「전화가 있소?」

「아뇨! ……오빠가 전화를 놓을 생각을 하긴 했어요……. 하지만 우리 형편엔 너무 비쌌죠……. 이해하시겠어요? 몇 헥타르인지 모를 정원이 딸린 넓은 집에 살면서 전화도, 전기도, 힘든 집안일을 해줄 하녀조차 둘 수 없다니……. 카를이 원래 그래요……! 아버지랑 똑같죠!」

그녀가 갑자기 웃기 시작했다. 신경질적인 웃음이었다.

반장은 거북했다. 그녀가 냉정을 되찾지 못하고 있었

으니까. 신경질적인 웃음으로 인해 가슴은 계속 출렁이는 반면, 그녀의 두 눈은 불안에 사로잡혀 있었다.

「왜 그러오……? 웃기는 거라도 봤소……?」

「아무것도 아니에요! 실례가 됐다면 용서하세요……. 우리 어린 시절을, 카를의 가정 교사를, 하인들이 북적대고 손님들이 드나들고 말 네 필이 끄는 마차들이 줄지어 서 있던 우리 성을 잠시 떠올렸거든요……. 그런데 여긴……!」

그녀가 연유 통을 팽개치고는 창유리에 이마를 갖다 댄 채 뜨거운 뙤약볕이 내리쬐는 테라스 층계를 응시했다.

「오늘 밤은 형사를 하나 붙여 줄 테니 안심해요…….」

「예, 그래 주세요……. 아니! 다른 형사는 싫어요……. 반장님께서 직접 와주세요! 안 그러면 전 너무 무서워서…….」

그녀는 웃고 있었을까? 아니면 울고 있었을까? 아무튼 그녀는 숨을 헐떡였고, 머리끝에서 발끝까지 온몸을 부들부들 떨어 댔다.

어떻게 보면 사람을 희롱하는 것 같기도 했고, 또 어떻게 보면 신경 발작을 일으키기 직전 같기도 했다.

「절 혼자 두지 마세요…….」

「난 일을 해야만 하오.」

「하지만 카를이 달아났잖아요!」

「당신은 그가 범인이라고 믿소?」

「모르겠어요! 전 뭐가 뭔지 아무것도 모르겠어요…….
카를이 달아났다면…….」

「내가 당신을 다시 방에 가둬 주길 원하오?」

「아뇨! ……제가 원하는 건 내일 아침 가능한 한 빨리
이 집에서, 이 교차로에서 벗어나는 거예요. 거리에 사람
이 붐비고 삶다운 삶이 있는 파리로 가고 싶어요. 시골은
무서워요……. 저도 모르겠어요…….」

그런 다음 느닷없이 물었다.

「벨기에 경찰이 카를을 체포할까요?」

「범인 인도 영장이 발부될 거요.」

「이럴 수는 없어요……. 사흘 전만 해도…….」

그녀가 두 손으로 머리를 감싸더니 금발을 마구 <u>흐트</u>
러뜨렸다.

매그레는 이제 창을 겸한 문 밖 층계에 나와 있었다.

「그럼 이따가 봅시다.」

발걸음을 옮기며 안도감을 느끼기는 했지만, 사실 반
장은 마지못해 그녀 곁을 떠나고 있었다. 뤼카가 도로에
서 서성이고 있었다.

「별일 없나?」

「없습니다! ……보험업자가 와서 차는 언제 돌려줄 거
냐고 따지더군요.」

미쇼네 씨가 대하기 껄끄러운 매그레보다는 만만한 뤼카를 말상대로 고른 모양이었다. 그가 정원에 서서 두 사람을 염탐하고 있는 게 보였다.

「저 양반, 할 일이 아무것도 없는 거야 뭐야?」

「자동차 없이는 드문드문 떨어져 사는 시골 고객들을 방문할 수 없다고 주장하더군요……. 우리 쪽에 손해 배상을 요구하겠답니다…….」

온 가족이 탄 관광차와 작은 트럭 한 대가 주유기 앞에 멈춰 서 있었다. 뤼카가 구시렁거렸다.

「저 정비소 사장, 정말 놀고먹어도 되겠어요! ……가만히 있어도 저렇게 돈이 굴러 들어오는 데다…… 저게 밤낮으로 돌아가니…….」

「담배 있나?」

놀라울 만큼 청명해진 햇살이 들판을 수직으로 짓누르고 있었다. 매그레가 이마에 맺힌 땀을 닦으며 중얼거렸다.

「한 시간 정도 눈 좀 붙여 둬야겠어……. 오늘 밤 뭔 일이 나도 날 테니까…….」

반장이 정비소 앞을 지나가는데 오스카 씨가 불러 세웠다.

「화끈한 거 한잔하시죠, 반장님? 조금만……! 한 모금만, 아주 찔끔만……!」

「이따가 합시다!」

　규석으로 지은 단독 주택에서 고성이 들려오는 것으로
보아, 미쇼네 부부가 언쟁을 벌이는 모양이었다.

6
부재하는 자들의 밤

벨기에 경찰청의 전보를 갖고 온 뤼카 때문에 매그레
가 잠에서 깨어난 것은 오후 5시가 다 되어서였다.

이자크 골드베르그는 씀씀이가 사업 규모와 걸맞지 않아
몇 달 전부터 감시를 받아 옴. 스톱. 특히 도난당한 보석류 밀
매에 관여하는 것으로 의심받음. 스톱. 증거 없음. 스톱. 그의
프랑스 여행이 보름 전 런던에서 발생한 2백만 프랑 상당의
보석 도난 사건과 시기적으로 일치함. 스톱. 익명의 편지에 따
르면 그 보석들이 안트베르펜에 있다고 함. 스톱. 안트베르펜
에서 돈을 펑펑 써대는 국제 절도범 두 명이 목격됨. 스톱. 본
청은 골드베르그가 장물을 취득했고, 이를 처분하기 위해 프
랑스로 갔다고 믿고 있음. 스톱. 보석에 대한 상세한 묘사는
런던 경찰청에 문의 바람.

아직 잠이 덜 깬 매그레가 전보를 주머니에 쑤셔 넣고 물었다.

「다른 건 없나?」

「없습니다. 교차로를 계속 감시하고 있는데, 정비소 사장이 쫙 빼입고 나오기에 제가 어디 가느냐고 물어봤습니다. 일주일에 한 번씩 아내를 데리고 파리로 나가 저녁 식사를 하고 극장에 가는 게 습관인 모양이더군요. 그렇게 나가면 호텔에서 자고 이튿날에야 돌아온답니다……」

「출발했나?」

「아마 지금쯤 출발했을 겁니다!」

「어느 식당에서 식사를 하는지 물어봤나?」

「라 바스티유 가에 있는 레스카르고에서요. 그런 다음 앙비귀 극장에 갔다가 리볼리 가에 있는 랑뷔토 호텔에서 잔답니다.」

「아주 자세하군!」 매그레가 빗질을 하면서 구시렁거렸다.

「보험업자가 아내를 시켜 반장님께 말씀드릴 게 있다고, 그 사람 표현을 빌리자면, 진지한 대화를 나누고 싶다고 전해 달라더군요.」

「그게 단가?」

매그레는 여인숙 안주인이 저녁 식사를 차리고 있는

부엌으로 들어갔다. 파테⁵를 발견한 그가 빵을 큼직하게 자르고는 주문했다.

「백포도주 한 잔 주시오…….」

「저녁 식사 때까지 안 기다리시고요?」

그가 대답은 않고 어마어마하게 큰 파테 샌드위치를 우적우적 씹어 삼켰다.

뤼카가 물어보고 싶어 입을 달싹거리며 반장의 눈치를 살폈다.

「오늘 밤에 뭔가 중대한 일이 일어날 거라고 예상하고 계시죠, 아닙니까?」

「음……!」

왜 부인하겠는가? 서서 식사하는 그 모습에서도 폭풍 전야의 기운이 느껴지지 않는가?

「저도 조금 전에 생각해 봤습니다. 생각을 정리하려고 해봤는데, 쉽지 않더군요…….」

매그레가 연방 턱을 놀려 가며 느긋한 표정으로 뤼카를 쳐다보았다.

「그 젊은 여자 때문에 도무지 갈피를 잡을 수가 없어요. 어떤 때는 그녀를 뺀 모든 주변 인물, 그러니까 정비소 사장, 보험업자와 덴마크인이 범인인 것 같다가, 또 어

5 가금류나 돼지의 간, 생선, 게살 등에 밀가루 반죽을 입혀 오븐에 구워 낸 프랑스의 전채 요리.

떤 때는 정반대로 여기서 독을 품은 건 그녀뿐이라고 장담할 수 있을 것 같다니까요…….」

반장의 눈동자에 〈계속해 봐!〉라고 말하는 듯한 장난기가 어른거렸다.

「그녀가 정말로 명문가 규수처럼 보일 때도 있지만…… 제가 풍기 단속국에 있던 시절을 떠올리게 할 때도 있어요……. 제가 무슨 말을 하려는지는 반장님도 아실 겁니다……. 전혀 사실임 직하지 않은 이야기를 아주 태연자약하게 늘어놓는 아가씨들 말입니다! 하지만 세부 사항들이 너무 그럴듯해서 전혀 지어낸 이야기 같지 않죠. 그렇게 걸려드는 거예요! 나중에 그들의 베개 밑에서 낡은 소설책을 발견하고 나서야, 그들이 이야기의 모든 요소를 거기서 따왔다는 것을 알아차리게 되죠. 거짓말을 밥 먹듯이 하고, 그래서 결국에는 자신도 그 거짓말을 믿고 마는 그런 여자들 말입니다……!」

「그게 단가?」

「제가 틀렸다고 생각하세요?」

「나도 아직 모르겠네!」

「늘 그 생각만 하는 건 아닙니다. 저를 더 자주 불안하게 하는 건 안데르센이라는 인물이에요……. 그처럼 교양 있고 기품 넘치고 지적인 인물이 범죄 조직을 이끈다고 상상해 보세요…….」

「오늘 밤 그를 보게 될 거야!」

「그 사람을요……? 하지만 이미 국경을 넘었는데…….」

「흠!」

「그럼 반장님은……?」

「난 이번 사건이 자네가 상상하는 것보다 족히 열 배는 복잡하다고 생각하네……. 미로 속을 헤매지 않으려면 몇 가지 중요한 요소들만 새겨 두는 편이 나아.

어디 보세! 예를 들어, 먼저 고소를 해 사건을 경찰에 알린 것도, 오늘 밤 날 자기 집으로 부른 것도 미쇼네 씨라는 점…….

정비소 사장이 파리로 간 오늘 밤에 말일세……! 아주 보란 듯이……!

또 골드베르그의 미네르바가 없어졌네. 그것 역시 잘 새겨 두게! 그 차는 프랑스에 몇 대 없기 때문에 감쪽같이 사라지게 하기란 쉽지 않지…….」

「그렇다면 오스카 씨가……?」

「어허, 천천히……! 당분간은 그 세 가지 장난감에 대해 생각해 보는 것으로 만족하게……. 재미가 있다면 말이야…….」

「하지만 엘세는요?」

「또 엘세야?」

매그레는 소매로 입을 쓱쓱 닦으며 대로 쪽으로 걸어

갔다. 15분 뒤 그는 미쇼네 부부의 집 문 앞에 서서 벨을 눌렀고, 그를 맞이한 건 미쇼네 부인의 무뚝뚝한 얼굴이었다.

「남편은 위층에서 기다리고 있어요!」

「너무 친절하시군요……」

그녀는 그 말에 담긴 아이러니를 알아차리지 못했고, 반장을 층계로 안내했다. 미쇼네 씨는 그의 침실, 블라인드를 내려놓은 창문 곁에 있었다. 그는 담요로 다리를 감싼 채 볼테르형 안락의자[6]에 앉아 있었다. 그가 적의에 찬 목소리로 물었다.

「나 참! 자동차는 도대체 언제 돌려줄 겁니까? ……반장님은 저 같은 사람한테서 생계 수단을 박탈하는 게 잘하는 짓이라고 생각하십니까? ……그래 놓고 반장님은 맞은편 집 계집에게 수작을 걸거나 정비소 사장하고 아페리티프나 마시고 계시고! 경찰이 참 한심하기도 하네요! 전 생각하는 대로 말하는 사람입니다, 반장님! 그래요, 경찰 참 한심해요! 살인범은 조금도 중요하지 않죠! 해야 할 일은 선량한 사람들을 괴롭히는 거니까! ……저한테 차가 한 대 있어요. 그건 엄연히 제 겁니다, 아닙니까? 전 지금 반장님께 그걸 묻고 있는 겁니다! 대답하세요! ……제 거잖아요? ……좋아요! 그런데 반장님이 무

6 앉는 자리는 낮고 등받이는 높으며 뒤로 젖혀진 의자.

슨 권리로 그 차를 열쇠로 채워 놓고 안 돌려주는 거죠?」

「선생, 어디 아픕니까?」 보험업자의 다리를 덮은 담요에 눈길을 주며 매그레가 차분히 물었다.

「병이 없다가도 생기겠어요! 울화가 쌓여서! 이번 경우는 그게 다리를 덮친 겁니다. 통풍 발작이에요! 두세 밤을 잠도 못 자고 이렇게 의자에 앉아 있게 생겼어요……. 제 상태가 어떤지 한번 보시죠! 제가 반장님을 보자고 한 것은 바로 이 사실을 알리기 위해서였습니다. 이제 제가 일을 할 수 없다는 걸, 특히 차 없이는 꼼짝도 할 수 없다는 걸 똑똑히 아셨죠! 그걸로 됐습니다. 법정에서 손해 배상을 청구할 때 전 반장님께 증언을 요구할 겁니다. 그럼 안녕히 가십시오!」

이 모든 것은 자신의 정당한 권리를 지나치게 확신하는 단순 무지한 사람의 과장된 어조로 읊어졌다. 미쇼네 부인이 덧붙였다.

「반장님이 우리를 엿보며 배회하는 동안, 살인범은 계속 활보하고 있어요! ……정의를 구현한다는 경찰이 이렇다니까! 잔챙이들은 괴롭히고…… 거물들은 떠받들고!」

「하실 말씀 다 하셨습니까?」

미쇼네 씨는 굳은 표정으로 안락의자 속으로 몸을 더 깊이 파묻었고, 그의 아내는 문 쪽으로 걸어갔다.

집 내부는 전면과 조화를 이루고 있었다. 다시 말해, 깨끗하게 닦고 왁스 칠을 한 가구 일습이 마치 한 번도 사용하지 않은 것 같은 모습으로 각각의 자리에 붙박여 있었다.

복도로 나온 매그레는 벽에 붙어 있는 구식 모델 전화기 앞에 멈춰 섰다. 화가 난 미쇼네 부인이 지켜보는 가운데, 그가 전화기 손잡이를 돌렸다.

「나 수사국 반장이오, 아가씨! 오늘 오후에 세 과부 교차로로 걸려 온 전화가 있었는지 알려 주겠소? ……정비소와 미쇼네 씨 댁, 두 번호가 있었다고요? ……정비소는 파리에서 1시쯤 한 통화, 5시쯤 또 한 통화? ……다른 번호로는? ……딱 한 통화……. 파리에서 건 거요? ……5시 5분? 고마워요…….」

그는 장난기 어린 눈으로 미쇼네 부인을 쳐다보고 고개 숙여 인사했다.

「좋은 밤 보내시기 바랍니다, 부인.」

그는 이제 수시로 드나드는 사람처럼 태연하게 세 과부 집 철책 문을 열고 집 건물을 우회해 2층으로 올라갔다.

엘세 안데르셴이 불안에 떨며 그를 맞았다.

「귀찮게 해드려서 죄송해요, 반장님! 제가 심하다고 생각하시겠지만…… 워낙 신경이 곤두서서요……. 이유는 모르겠지만 너무 무서워요. 조금 전 반장님과 대화를 나

눈 뒤로 저에게 불행을 면하게 해줄 수 있는 분은 오직 반장님뿐이라는 생각이 들었어요. 이젠 반장님도 이 음산한 교차로, 서로 노려보며 대결을 벌이는 듯한 세 집에 대해 저만큼이나 잘 아시잖아요…… 반장님은 예감을 믿으세요? ……전 믿어요, 여자들이 다들 그러듯이…… 오늘 밤엔 비극이 일어나고야 말 것 같은 느낌이 들어요…….」

「그래서 또다시 보호해 달라고 부탁하는 거요……?」

「제가 과장한다고 생각하시는 거죠, 아닌가요? 하지만 이렇게 겁이 나는 게 어디 제 잘못인가요……?」

매그레의 눈길이 벽에 삐딱하게 걸린 설경 그림에 가서 멈췄다. 하지만 눈 깜빡할 사이에, 반장은 이미 대답을 기다리는 젊은 여자를 향해 돌아서 있었다.

「평판을 더럽힐까 봐 두렵지 않소?」

「무서워 죽겠는데, 그따위 게 중요한가요?」

「정 그렇다면 한 시간 후에 다시 오겠소……. 몇 가지 지시할 게 있어서…….」

「정말이죠? 꼭 오실 거죠? ……약속하신 거죠? 게다가 반장님께 말씀드릴 것도 많아요……. 조금씩 떠오른 기억들이요…….」

「무엇에 관한……?」

「오빠에 관한 것들요……. 하지만 아무 의미 없는 것일지도 몰라요. 예를 들어, 비행기 사고가 났을 때 오빠를 치료했던 의사가 저희 아버지에게 부상자의 신체적 건강은 책임지겠지만 정신적 건강은 책임질 수 없다고 말했던 기억이 나요……. 전 그 말을 한 번도 심각하게 생각해 보지 않았어요……. 다른 세세한 사항들도 있어요. 도시에서 멀리 떨어진 곳에 숨어 살고자 하는 의지 같은 거요……. 이따가 오시면 그 모든 걸 말씀드릴게요…….」

그녀는 그에게 웃어 보였다. 고마움을 표하는 그 웃음에는 불안의 잔재가 살짝 배어 있었다.

매그레는 규석으로 지은 단독 주택 앞을 지나가면서 무의식적으로 어둠 속에서 오려 낸 듯한, 2층의 밝은 노란색 창문을 올려다보았다. 안락의자에 앉아 있는 미쇼네 씨의 그림자가 환한 블라인드에 그려졌다.

여인숙에 도착한 반장은 아무 설명 없이 뤼카에게 몇 가지 지시를 내리는 것으로 만족했다.

「형사 대여섯 명을 불러서 교차로 주변에 배치하게. 매시간 레스카르고, 극장, 호텔에 전화해서 오스카 씨가 여전히 파리에 있는지 자네가 직접 확인하고……. 누구든 세 집에서 나오는 사람이 있으면 뒤를 밟도록 하게…….」

「반장님께서는 어디 계실 건데요?」

「안데르센 집에.」

「그럼 반장님 생각에는……?」

「아무 생각 없다니까, 이 사람아! 조금 이따가, 아니면 내일 아침에 보세!」

날이 저물었다. 반장은 대로로 걸어가면서 권총 탄창을 확인하고, 담배쌈지가 비지 않았는지 더듬어 봤다.

미쇼네 부부 집 창문에 안락의자의 그림자와 콧수염을 기른 보험업자의 옆모습이 여전히 비쳤다.

엘세 안데르센은 어느새 검은색 벨벳 드레스를 벗고 아침에 입었던 목욕 가운으로 갈아입고 있었다. 마지막으로 반장과 대화를 나눴을 때보다는 한결 차분하지만 이마를 찌푸린 채 깊은 생각에 잠긴 표정으로 침상에 누워 담배를 피우고 있었다.

「거기 계시다는 걸 아는 것만으로도 마음이 얼마나 놓이는지, 반장님이 그걸 아신다면! 처음 대면하자마자 신뢰감을 주는 사람들이 있죠. 근데 그런 사람 드물어요! ……어쨌거나 저는 이렇게 처음부터 호감이 가는 사람을 별로 만나 보지 못했어요. 담배 피우셔도 돼요…….」

「저녁 식사는 했소?」

「배 안 고파요……. 제가 어떻게 살아가는지 이젠 저도 모르겠어요……. 나흘 전부터, 정확하게 말해 자동차에서 시체가 발견된 그 끔찍한 순간부터 전 생각하고, 또 생각해요……. 나름의 견해를 가져 보려고, 이해해 보려고 애쓰고 있죠…….」

「그래서 오빠가 범인이라는 결론에 도달했소?」

「아뇨……. 전 카를을 고발하고 싶지 않아요……. 설사 그가 엄격한 의미에서 죄를 범했다 할지라도, 광기의 횡포에 굴복할 수밖에 없었던 걸 테니까요……. 가장 안 좋은 의자를 고르셨네요, 반장님……. 좀 눕고 싶으시면, 옆방에 야전 침대가 하나 있어요.」

그녀는 차분해 보이려 애썼지만 내적인 동요를 완전히 감추지는 못했다. 의도적으로 힘들여 획득한 외적인 차분함. 그럼에도 때때로 드러나는 내면의 동요.

「예전에 이 집에서 이미 한 번 비극이 일어났어요, 아닌가요……? 카를이 그 얘길 에둘러 해준 적이 있어요. 제가 충격을 받을까 봐 걱정했죠……. 그는 언제나 절 어린아이 취급해요…….」

그녀가 원탁 위에 놓인 자기 사발에 담뱃재를 털기 위해 몸 전체를 유연하게 움직이며 상체를 앞으로 숙였다. 아침에 그랬듯이 목욕 가운이 벌어졌다. 짧은 순간, 작고 둥근 젖가슴이 드러났다. 그것은 찰나에 지나지 않았다. 하지만 매그레는 그 와중에도 젖가슴에 난 흉터를 알아보았고, 곧장 눈썹을 찌푸렸다.

「당신, 부상을 당했군, 예전에……!」

「무슨 말씀이세요?」

그녀가 낯을 붉혔다. 그러고는 본능적으로 목욕 가운

자락을 당겨 가슴을 가렸다.

「오른쪽 젖가슴에 난 흉터 말이오…….」

그녀는 극도로 혼란스러운 모습을 보였다.

「죄송해요……. 여기서는 옷을 거의 안 입고 지내는 게 습관이 돼서……. 전 보이는 줄도 모르고……. 이 흉터는…… 맞아! 그러고 보니 갑자기 세세한 기억 하나가 또 떠오르네요. 하지만 그건 분명 우연의 일치일 거예요……. 우리가 아직 어렸을 때 카를과 저는 성의 정원에서 자주 놀았어요. 어느 날 카를이 성(聖) 니콜라스 축일 선물로 카빈총을 받은 게 기억나요. 오빠가 열네 살 때였을 거예요……. 반장님도 그렇게 판단하시겠지만, 우스꽝스러운 일이었죠. 신이 난 오빠는 처음에는 표적에 대고 쐈어요. 그러더니 서커스를 구경하고 온 다음 날, 빌헬름 텔 놀이를 하자고 떼를 썼어요. 전 양손에 판지로 만든 과녁을 하나씩 들고 서 있었죠……. 근데 첫 발이 제 가슴에 박혔어요…….」

매그레는 일어나 있었다. 그가 도무지 속내를 알 수 없는 표정으로 침상을 향해 걸어오자, 그녀는 두 손으로 목욕 가운을 쥐고 가슴을 감싸며 불안한 눈길로, 그가 다가오는 것을 빤히 쳐다보았다.

하지만 매그레가 쳐다보는 것은 그녀가 아니었다. 그는 가구 위쪽 벽을 뚫어져라 응시했다. 설경 그림이, 아까

와는 달리, 정확하게 수평으로 걸려 있었다.

매그레가 느린 동작으로 그림 액자를 옆으로 치웠다. 그러자 벽돌 두 개를 빼서 만든, 크지도 깊지도 않은 구멍이 모습을 드러냈다.

그 구멍에는 총알 여섯 발이 장전된 자동 권총 한 자루, 실탄 한 상자, 열쇠 하나, 그리고 베로날[7] 한 병이 들어 있었다.

엘세는 눈으로 그를 좇았지만 당황하는 기색은 내비치지 않았다. 광대뼈 부분이 살짝 붉어지고, 눈동자가 약간 더 반짝였을 뿐.

「안 그래도 반장님께 보여 드리려고 했는데…….」

「정말이오?」

반장은 이렇게 되물으면서 권총을 주머니에 밀어 넣고, 베로날 정제 병이 반쯤 비었다는 것을 확인하고는, 문으로 다가가 열쇠를 자물쇠에 끼워 봤다. 열쇠와 자물쇠의 아귀가 딱 맞았다.

젊은 여자는 이제 일어나 있었다. 그녀는 이제 가슴을 가리는 것 따위는 안중에도 없었다. 그녀가 과격한 동작을 취해 가며 말했다.

「지금 발견하신 게, 제가 이미 반장님께 말씀드린 것을

---

7 진정 수면제인 바르비탈의 상표명. 쓴맛을 띠며 흰색 결정형 가루 형태이다. 불면증, 신경 쇠약, 흥분 상태를 치료하는 데 쓴다.

확인해 주고 있어요……. 반장님께서는 절 이해해 주셔야
만 해요……. 제가 어떻게 다른 사람도 아닌 오빠를 고발
할 수 있었겠어요? 반장님께서 처음 오셨을 때 제가 오래
전부터 오빠를 미친 사람으로 여긴다고 털어놨다면, 무
슨 이런 여자가 다 있느냐고 생각하셨을 거예요……. 하
지만 그게 진실이에요…….」

흥분해서 말할 때 더욱 도드라지는 그녀의 외국어 억
양이 그녀가 내뱉는 문장 하나하나에 묘한 느낌을 부여
했다.

「이 권총은……?」

「어떻게 설명을 드려야 할지……. 덴마크 땅을 떠날 때
우린 이미 파산 상태였어요……. 하지만 오빠는 자기 정
도의 교양이면 파리에서 화려한 경력을 쌓을 수 있을 거
라고 확신했죠. 하지만 성공하지 못했어요. 그러자 성격
은 점점 더 불안하게 변해 갔죠……. 오빠가 이곳에 칩거
하고 싶어 했을 때, 전 오빠의 상태가 심각하다는 것을 깨
달았어요……. 특히 흉악한 자들이 우릴 공격할 수도 있
다는 구실로 저를 매일 밤 방에 가두겠다고 주장했을 때
는요……! 이를테면 화재나 다른 재앙이 닥쳐도 이 네 벽
사이에 갇혀 옴짝달싹할 수 없는 제 처지를 상상해 보세
요! ……전 잠도 마음 놓고 잘 수 없었어요! 지하실에 갇
힌 것처럼 불안했다고요…….

오빠가 파리에 일을 보러 간 어느 날, 전 열쇠공을 불러와 이 방 열쇠를 만들어 달라고 해야겠다 생각했어요. 오빠가 문을 잠가 놓고 갔기 때문에 저는 창문으로 나갈 수밖에 없었죠.

그렇게 해서 전 운신의 자유를 얻었어요……. 하지만 그것만으론 충분하지 않았어요! 오빠가 반미치광이 상태가 되는 때가 있었거든요. 오빠는 이렇게 추락할 대로 추락한 삶을 살 바에는 차라리 둘이 같이 죽자고 자주 말했어요.

그래서 전 오빠가 다시 파리로 나간 틈을 타, 아르파종에서 권총을 구입했어요. 잠을 잘 못 잤기 때문에 베로날도 장만했고요.

보시다시피, 아주 간단해요! 오빠는 불신에 차 있어요. 정신은 온전치 못한데 그것을 가늠할 정도의 정신은 있는 사람은 어느 누구보다도 불신에 차 있기 마련이죠. 그래서 전 밤마다 이 구멍을 만들었어요…….」

「그게 다요?」

엘세는 반장의 퉁명스러운 물음에 깜짝 놀랐다.

「제 말을 안 믿으시는 건가요……?」

매그레는 대답하지 않았다. 대신 창 쪽으로 성큼성큼 걸어가더니 창문을 열고 덧창까지 열어젖혔다. 밤의 서늘한 공기가 밀려 들어왔다.

창 아래 길게 뻗은 도로는 차들이 지나갈 때마다 달빛을 반사하는 잉크의 강 같았다. 저 멀리, 10킬로미터가량 떨어진 곳에 전조등이 나타나는가 싶다가, 갑자기 일종의 사이클론, 공기를 빨아들이는 느낌, 그리고 부르릉거림이 휙 지나가고 나면, 작고 붉은 불빛이 벌써 저만치 멀어져 갔다.

정비소 주유기들은 환하게 조명이 되어 있었다. 미쇼네 부부의 집은 2층에 달랑 전등 하나만 켜져 있었고, 베이지색 블라인드에 안락의자와 보험업자의 그림자가 여전히 비쳤다.

「창문 좀 닫으세요, 반장님!」

매그레가 돌아보았다. 엘세는 목욕 가운으로 온몸을 감싼 채 벌벌 떨고 있었다.

「제가 불안에 떨고 있다는 걸, 혹은 제가 왜 불안에 떠는지 이젠 이해하시겠어요? 반장님께서는 저로 하여금 모든 걸 털어놓게 만드셨어요……. 하지만 전 카를에게 불행이 닥치는 걸 결코 바라지 않아요! 그는 걸핏하면 우리가 함께 죽을 거라고 말했어요…….」

「제발 입 좀 다물어요!」

매그레는 바깥에서 들려오는 소리에 귀를 기울이고 있었다. 좀 더 집중해서 듣기 위해 안락의자를 창가로 끌어다 놓고 창턱에 발을 올려놓았다.

「춥다니까요…….」

「옷을 입어요!」

「제 말을 안 믿으시는 건가요?」

「입 좀 다물라니까, 제길!」

그런 다음 그는 담배를 피우기 시작했다. 멀리 농장에서 희미한 웅성거림이 들려왔고, 소가 울었고, 뭔지 모를 혼란스러운 움직임들이 일었다. 반면, 정비소에서는 쇠로 된 물건들이 부딪치는 탕탕 소리가 나더니, 갑자기 타이어 공기 주입기의 모터가 돌아가는 소리가 들려왔다.

「전 반장님을 철석같이 믿었어요……! 그런데 반장님은…….」

「그놈의 입 다물 거요, 말 거요?」

그는 집 근처 나무 뒤에서 뤼카가 배치한 형사 중 하나의 것이 분명한 그림자를 알아보았다.

「배고파요…….」

화가 치민 반장이 홱 돌아서서는 불쌍한 표정을 짓고 있는 젊은 여자를 노려보았다.

「그럼 가서 뭐 좀 찾아 먹어요!」

「혼자서는 못 내려가겠어요……. 너무 무서워요…….」

반장이 어깨를 으쓱하고는 우선 아무 일도 없는지 바깥을 살폈다. 그러고는 작심한 듯 갑자기 아래층으로 내려갔다. 그는 부엌이 어딘지 알고 있었다. 버너 옆에 먹다 남은 고기와 빵 조각, 이미 따놓은 맥주 한 병이 놓여 있었다.

그는 그것들을 모두 들고 올라가 원탁 위, 재떨이 사발 옆에 내려놓았다.

「이젠 절 매몰차게 대하시는군요, 반장님……」

그녀는 어린 계집아이처럼 굴었다! 금방이라도 울음을 터뜨릴 것처럼!

「난 지금 매몰차거나 상냥할 여유가 없소……. 그러니 입 다물고 먹기나 해요!」

「시장하지 않으세요? ……진실을 말씀드렸다고 해서 절 원망하시는 건가요?」

하지만 그는 이미 등을 돌린 채 창밖을 내다보고 있었다. 미쇼네 부인이 남편 쪽으로 몸을 숙이고 있는 모습이 블라인드에 비쳤다. 남편의 얼굴을 향해 숟가락을 내밀고 있는 것으로 보아 물약을 떠먹여 주고 있는 모양이었다.

엘세가 손가락 끝으로 차갑게 식은 송아지 고기를 집어 들었다. 그러더니 먹는 둥 마는 둥 깨작거리다가 맥주 한 잔을 따라 마셨다.

「으, 맛이 왜 이래……?」 그녀가 구역질을 해대며 소리쳤다. 「근데 그 창문은 왜 안 닫으시는 거예요? 무서워요……. 반장님은 제가 가엾지도 않으세요……?」

반장이 더는 못 참겠다는 듯 쾅 하고 창문을 닫고는 금방이라도 성질을 부릴 사람처럼 엘세를 머리끝부터 발끝까지 훑어보았다.

바로 그 순간, 엘세의 얼굴이 창백하게 질리며 푸른 눈동자가 흐려졌고, 뻗은 손 하나가 잡을 곳을 찾기 위해 허공을 헤맸다. 반장은 후닥닥 그녀에게 달려가 가까스로 팔을 뻗어 꺾이는 허리를 받쳤다.

그는 그녀를 조심스럽게 마룻바닥에 뉘었다. 그리고 엘세의 눈꺼풀을 들어 올려 눈동자를 들여다보고는 한 손으로 빈 맥주잔을 집어 냄새를 맡아 보았다. 잔에서 쓴 냄새가 훅 끼쳤다.

원탁에 찻숟가락이 놓여 있었다. 그는 그것을 이용해 엘세의 꽉 다문 턱을 벌렸다. 그러고는 조금의 망설임도 없이 찻숟가락을 입안에 집어넣고는 목구멍 안쪽과 입천장을 계속 자극했다.

몇 차례 얼굴 근육이 수축되었고, 경련이 일어 가슴이 들먹거렸다.

그녀는 양탄자에 널브러져 있었다. 눈꺼풀에서 눈물이 흘러내렸다. 고개가 옆으로 돌아가는 순간, 그녀가 온몸을 들썩이며 구역질을 했다.

숟가락으로 일으킨 근육 수축 덕분에 그녀는 위장에 든 것을 모두 게워 냈다. 약간의 누런 액체가 바닥을 더럽

했고, 몇 방울은 목욕 가운에도 튀었다.

매그레는 화장대 위에 놓인 물병을 집어 그녀의 얼굴 전체를 적셔 주었다.

그는 그 와중에도 초조한 표정으로 창문 쪽을 끊임없이 돌아보았다.

그녀가 곧 정신을 차렸다. 그녀가 약하게 신음하는가 싶더니 마침내 고개를 들었다.

「도대체 무슨 일이……?」

그녀가 혼란스러운 표정으로 여전히 비틀거리며 몸을 일으키고는 더러워진 양탄자, 찻숟가락, 그리고 맥주잔을 보았다.

그녀가 두 손으로 얼굴을 감싸며 울음을 터뜨렸다.

「제가 공연히 무서워한 게 아니란 걸 이제 아셨죠! 그들은 절 독살하려고 했어요……. 그런데도 반장님께서는 절 믿으려 하지 않으셨어요! 반장님은…….」

그녀와 매그레가 동시에 깜짝 놀라 소스라쳤다. 둘 다 한동안 꼼짝도 하지 않은 채 귀를 기울였다.

집 근처, 아마도 정원에서 총성이 울려 퍼졌고, 뒤이어 걸걸한 비명이 들려왔던 것이다.

그러고는 도로 쪽에서 날카로운 호각 소리가 길게 이어졌다. 사람들이 내달렸고, 철책 문이 뒤흔들렸다. 매그레는 창문을 통해 형사들의 손전등이 어둠을 훑는 것을 보았다. 1백 미터가량 떨어진 미쇼네 부부 집의 창문, 미쇼네 부인이 남편의 머리 밑에 베개를 끼워 주고 있었다…….

반장은 문을 열었다. 아래층에서 무슨 소리가 들려왔다. 뤼카가 그를 부르고 있었다.

「반장님!」

「무슨 일인가?」

「카를 안데르센입니다……. 죽진 않았어요……. 내려와 보시겠습니까?」

매그레는 돌아서서 침상에 걸터앉아 있는 엘세를 쳐다보았다. 그녀는 무릎에 팔꿈치를 괴고 두 손으로 턱을 감싼 채 앞만 뚫어져라 응시하고 있었다. 이를 악문 채 온몸을 부들부들 떨며.

7
두 개의 상처

카를 안데르센은 그의 침실로 옮겨졌다. 형사 하나가 아래층에 있던 등을 들고 따라왔다. 부상을 입은 카를은 헐떡이지도 움직이지도 않았다. 그를 침대에 누이고서야 매그레는 허리를 숙여 그의 얼굴을 들여다봤고, 눈꺼풀이 살짝 열려 있는 것을 확인했다.

안데르센은 반장을 알아보고 안도하는 듯했고, 반장의 손을 향해 손을 뻗으며 속삭였다.

「엘세는……?」

그녀는 쑥 들어간 눈을 하고 불안에 휩싸인 채 기다리는 자세로 문턱에 서 있었다.

카를의 모습은 아주 인상적이었다. 검은색 외알박이 안경은 사라지고 없었다. 열에 들뜬 성한 눈은 반쯤 감겨 있었고, 그 옆의 유리 눈알은 인공의 부동성을 유지하고 있었다.

희미한 석유등 조명이 사방에 미스터리를 퍼뜨렸다. 형사들이 정원을 뒤지며 자갈을 밟는 소리가 들려왔다.

엘세는 매그레가 다가오라고 명령했는데도 온몸이 뻣뻣하게 굳어 감히 오빠 곁으로 오지 못하고 있었다.

「부상이 심한 모양입니다!」 뤼카가 낮은 목소리로 말했다.

그녀도 들은 게 분명했다. 그녀는 카를을 쳐다봤다. 하지만 자신을 삼킬 듯이 바라보며 침대에서 몸을 일으키려고 안간힘을 쓰는 카를에게 더 가까이 다가가기를 망설였다.

결국 그녀가 울음을 터뜨리며 방에서 뛰쳐나가 자기 방으로 들어가서는 침대에 몸을 던졌다.

매그레가 뤼카에게 그녀를 감시하라는 신호를 보내고 부상자를 돌봤다. 그는 그런 종류의 상황을 일상적으로 대하는 사람의 능숙한 동작으로 우선 카를의 웃옷과 조끼부터 벗겼다.

「아무 걱정 마요. 의사를 데리러 갔으니까……. 엘세는 자기 방에 있소.」

안데르센은 알 수 없는 불안에 짓눌린 사람처럼 말이 없었고, 수수께끼를 풀어 어떤 중대한 비밀을 밝혀내려는 사람처럼 주위를 두리번거렸다.

「조금 있다 당신을 심문할 거요. 하지만 그 전에…….」

반장이 허리를 숙여 덴마크인의 벗겨진 상체를 들여다보고는 눈썹을 찌푸렸다.

「두 발을 맞았군……. 하지만 등에 보이는 이 상처는 방금 생긴 게 아냐……」

보기에도 끔찍한 상처였다! 살갗이 10제곱센티미터쯤 떨어져 나가 있었다. 타서 검게 그을린 살은 말 그대로 너덜너덜했고, 퉁퉁 부어 있었으며, 피가 엉겨 생긴 딱지로 덮여 있었다. 상처에서는 더 이상 피가 나지 않았다. 따라서 그 부상은 몇 시간 전에 입은 것이었다.

반면에 다른 상처는 이제 막 생긴 것이었다. 또 한 발의 총알은 왼쪽 견갑골을 뚫고 들어갔다. 매그레는 상처 부위를 닦은 다음 일그러진 납 탄환을 빼냈다.

그것은 권총 탄환이 아니라, 골드베르그 부인을 살해한 것과 같은 카빈총 탄환이었다.

「엘세는 어디 있죠……?」 고통으로 일그러지는 표정을 애써 가다듬으며 부상자가 물었다.

「자기 방에 있소……. 움직이지 마시오……. 조금 전에 누가 총을 쐈는지 봤소?」

「아뇨……」

「등의 총상은……? 어디서 입었소……?」

이마가 찡그려졌다. 안데르센이 입을 열어 말하려 했지만 기력이 다한 듯 이내 포기하고 말았다. 그는 왼팔을 겨우 움직여 더 이상 말을 할 수 없다는 걸 설명하려고 애썼다.

「상태가 어떻습니까, 박사님…….」

그처럼 어두컴컴한 곳에서 뭔가를 하기란 한마디로 짜증 나는 일이었다. 그 큰 집에 석유등 두 개가 전부였다. 부상자 방에 갖다 놓은 것과 엘세 방에 있는 것.

아래층에는 초를 켜놨는데, 거실의 4분의 1도 채 밝히지 못했다.

「예기치 못한 합병증만 없다면 회복할 겁니다……. 먼저 입은 상처가 더 심각해요……. 이 부상은 아마 정오를 전후해서 입었을 겁니다. 등 뒤에서 브라우닝 권총을 쐈어요. 등에 바짝 갖다 대고! 제 생각에는 총구가 살에 닿지 않았나 싶군요……. 그런데 부상자가 예상치 못하게 몸을 움직였고요……. 그래서 총알이 빗맞았고, 그 덕에 갈비뼈 외에는 거의 손상을 입지 않았습니다……. 어깨와 팔의 타박상, 손과 무릎의 찰과상도 아마 그때 입었을 겁니다…….」

「다른 한 발은요?」

「견갑골이 부서졌어요. 내일 당장 외과의한테 수술을 받아야 합니다……. 파리에 있는 병원 주소를 드릴 수도 있어요. 이 고장에도 병원이 하나 있지만, 부상자에게 돈

126

이 있다면 파리 쪽 병원을 권하고 싶군요…….」

「그가 첫 번째 부상을 입은 후에도 돌아다닐 수 있었을까요?」

「가능합니다……. 생명 유지에 필수적인 기관은 전혀 손상을 입지 않았으니, 의지와 기력만 있었다면야……. 하지만 어깨 한쪽은 영영 못 쓰게 되지 않을까 염려스럽군요…….」

형사들은 정원에서 아무것도 찾아내지 못했다. 하지만 그들은 날이 밝자마자 보다 철저한 수색을 할 수 있도록 각자 자기 자리를 지켰다.

잠시 후 매그레는 안데르센의 방으로 갔다. 안데르센은 그가 들어오는 것을 보고 안도하는 기색이 역력했다.

「엘세는……?」

「이미 두 번이나 말했듯이, 자기 방에 있소.」

「왜 저한테 오지 않죠?」

안데르센의 눈길과 일그러진 표정에서 그가 여전히 병적인 불안감에 사로잡혀 있다는 걸 느낄 수 있었다.

「혹시 주변에 이런 짓을 저지를 만한 사람 없소?」

「없습니다.」

「흥분하지 말고…… 첫 피격을 어떻게 당했는지만 얘기해 줘요……. 쉬엄쉬엄해요……. 몸에 무리가 안 가게…….」

「전 〈뒤마 에 피스〉로 가고 있었어요…….」

「그런데 그곳에 가지 않았죠…….」

「가려고 했어요! ……근데 포르트 도를레앙에서 한 남자가 차를 세우라는 신호를 보냈어요…….」

그가 마실 것을 청하고는 벌컥벌컥 커다란 물컵 한 잔을 비웠다. 그러고는 천장을 올려다보며 말을 이었다.

「그 남자는 경찰이라면서 신분증을 보여 주기까지 했어요. 전 자세히 들여다보지 않았어요. 그가 조수석에 올라타더니 목격자가 나타났으니 대질해 봐야 한다면서 파리를 가로질러 콩피에뉴 가로 가라고 명령했어요.」

「어떻게 생겼던가요?」

「큰 키에 회색 중절모를 쓰고 있었어요. 국도를 따라가다 보면 콩피에뉴 조금 전에 숲을 지나게 돼요……. 저는 커브에서 등에 큰 충격을 느꼈어요……. 그자가 제가 쥐고 있던 핸들을 잡더니 저를 차 밖으로 밀어냈어요……. 전 거기서 의식을 잃었고……. 정신을 차려 보니 구덩이 속이었고……. 차는 이미 출발하고 없더군요…….」

「그때가 몇 시였소?」

「아마 오전 11시쯤 됐을 거예요……. 저도 모르겠어요……. 차에 있는 시계가 고장 났거든요. 전 기력도 회복하고 생각할 시간을 가지려고 숲으로 들어갔어요. 어질어질한 게 정신을 차릴 수가 없었거든요. 그때 기차 지나가는 소리가 들렸어요……. 전 결국 작은 역 하나를 찾아냈어요……. 오후 5시에 파리에 도착해서 우선 방 하나를 빌렸어요. 거기서 일단 치료를 하고 옷을 고쳐 입었죠. 그런 다음 이곳으로 온 겁니다…….」

「남들 모르게……?」

「예.」

「왜죠?」

「저도 모르겠어요.」

「오는 길에 누굴 만났소?」

「아뇨! 전 대로를 지나지 않고 정원으로 들어왔어요. 제가 테라스 층계에 도달하는 순간, 누군가 총을 쐈어요. ……전 엘세를 만나 보고 싶었어요…….」

「누군가 그녀를 독살하려 했다는 거 알고 있소?」

매그레는 그 말이 불러올 결과를 전혀 예상하지 못했다. 덴마크인이 벌떡 몸을 일으키더니 그를 잡아먹을 듯 쳐다보며 더듬거렸다.

「저…… 정말요……?」

그는 마치 악몽에서 깨어난 사람처럼 기뻐하는 듯 보였다.

「엘세를 보고 싶어요, 당장!」

매그레는 엘세의 방으로 갔다. 그녀는 멍한 눈길을 하고 침상에 누워 있었고, 맞은편에서 뤼카가 고집스러운 표정으로 그녀를 감시하고 있었다.

「잠시 와보겠소?」

「카를이 뭐라고 하던가요?」

엘세는 겁에 질려 망설였다. 안데르센의 방으로 들어선 그녀가 주춤주춤 두 걸음을 내딛더니, 카를에게 달려가 덴마크어로 뭐라고 말하면서 그를 와락 끌어안았다.

뤼카가 어두운 표정으로 매그레의 눈치를 살폈다.

「반장님께서는 어찌 된 영문인지 아시겠습니까?」

반장이 어깨를 으쓱하고는, 대답 대신 명령을 했다.

「정비소 사장이 파리를 떠나지 않았는지 확인해 보게. 파리 경찰청에 전화해서 내일 아침 일찍 외과의 하나 보내 달라고 하고. 가능하면 오늘 밤이라도…….」

「어디 가세요?」

「나도 모르겠네. 정원 주변 감시는 계속 하라고 하게. 아무것도 나오지 않겠지만…….」

아래층으로 내려간 그는 테라스 층계를 내려갔고 홀로 대로에 도착했다. 정비소는 닫혀 있었지만, 주유기의 희뿌연 원반이 번쩍이는 게 보였다.

미쇼네 부부의 단독 주택 2층에는 불이 켜져 있었다. 여전히 자리를 지키고 있는 보험업자의 그림자가 블라인드에 비쳤다.

밤공기가 서늘했다. 들판에서 옅은 안개가 피어올라 지상 1미터 높이에서 길게 이어지는 파도 비슷한 것을 형성했다. 아르파종 쪽 어딘가에서 엔진 소리와 고철 부딪치는 소리가 들려왔다. 소리가 점점 커지더니, 5분 후 트럭 한 대가 정비소 앞에 멈춰 서서 경적을 울려 댔다.

철제 셔터에 난 작은 문이 열렸고, 실내에 전등이 켜진 것이 보였다.

「20리터!」

잠에 취한 기계공이 펌프를 작동시켰고, 트럭 기사는 사방이 훤히 내려다보이는 운전석에서 내려오지도 않았다. 반장이 주머니에 양손을 찌르고 파이프를 문 채 다가갔다.

「오스카 씨는 아직 안 돌아왔나?」

「이런! 반장님 오셨어요? ……아뇨! 파리에 나가면 다음 날 아침이나 되어야 돌아오세요…….」

기계공이 잠시 망설이다 말했다.

「이봐, 아르튀르, 네 예비 타이어 준비됐으니까 들른 김에 가져가는 게 좋겠어…….」

정비소 안으로 들어간 기계공이 타이어를 굴려 트럭까지 가져오더니 끙끙대며 트럭 뒤편에 고정했다.

트럭이 다시 출발했다. 적색 후미등이 가물거리더니 이윽고 꺼져 버렸다. 기계공이 하품을 하며 말했다.

「아직도 살인범 찾고 계세요? 이 늦은 시각에……? 저야 한숨 자게 놔두기만 한다면, 몇 시가 됐든 신경 안 쓰겠지만요······!」

멀리 종탑에서 종소리가 두 번 울려 퍼졌다. 불빛으로
치장한 기차가 지평선을 꼬물꼬물 기어갔다.

「들어오실 거예요, 말 거예요······?」

사내는 어서 가서 눕고 싶은 듯 기지개를 켰다.

매그레는 정비소 안으로 들어갔다. 그는 대부분 상태
가 좋지 않은 붉은색 튜브와 온갖 모델의 타이어들이 못
에 걸려 있는, 석회 바른 벽을 둘러보았다.

「아 참! ······아까 그 친구 말이야, 자네가 준 예비 타이
어로 뭘 하려는 거지······?」

「그야······ 자기 트럭에 갈아 끼우겠죠, 뭐!」

「그래······? 그럼 그 트럭 정말 희한하게 굴러가겠군! 그
타이어가 다른 것들하고는 크기가 다르니 말이야······.」

사내의 눈길에 불안이 스치고 지나갔다.

「아마 제가 착각을 했나 봐요······. 어디 보자······. 마
티외 영감의 소형 트럭 타이어를 내줬나······?」

총성이 울려 퍼졌다. 매그레가 벽에 걸려 있는 튜브 중
하나를 겨냥해 총을 쏘았던 것이다. 튜브에서 공기가 빠
지면서 찢어진 부위를 통해 흰 종이로 된 작은 봉지들이
빠져나왔다.

「움직이지 마, 어린 친구!」

기계공이 허리를 굽히고 머리로 매그레를 들이받을 준

비를 하고 있었던 것이다.

「조심해. 여차하면 쏴버릴 테니까.」

「저한테 원하는 게 뭡니까?」

「손들어! ……더 빨리!」

반장은 잽싸게 조조에게 다가가 주머니를 더듬었고, 여섯 발이 장전된 권총을 찾아내 압수했다.

「네 야전 침대로 가서 누워…….」

매그레가 발로 차 문을 닫았다. 주근깨로 뒤덮인 기계공의 얼굴을 본 반장은 그가 쉽게 패배를 인정하고 모든 걸 포기할 친구가 아니라는 것을 깨달았다.

「어서 누워.」

주변을 둘러보았지만 끈은 보이지 않았다. 하지만 그는 곧 전깃줄을 말아 놓은 롤러를 발견했다.

「손 내밀어!」

매그레가 기계공의 손을 묶느라 권총을 놓아야만 했을 때, 기계공이 반항을 시도했다. 하지만 얼굴 한가운데 주먹 한 방 얻어맞은 것 말고는 수확이 없었다. 코피가 흘렀고 입술이 부어올랐다. 기계공이 분을 이기지 못해 거친 숨을 몰아쉬었다. 두 손이 결박되었고, 두 발도 곧 같은 신세가 되었다.

「너, 몇 살이냐?」

「스물한 살요…….」

「어디서 왔냐?」

침묵. 매그레는 주먹을 보여 주기만 하면 됐다.

「몽펠리에 교도소요.」

「내 그럴 줄 알았다니까! 너, 저 작은 봉지들 속에 뭐가 들었는지 알아?」

「마약요!」

목소리가 공격적이었다. 기계공은 전깃줄을 끊어 버릴 요량으로 근육에 잔뜩 힘을 주었다.

「아까 그 예비 타이어에는 뭐가 들어 있었지?」

「난 아무것도 몰라요…….」

「그럼 그걸 왜 하필이면 그 트럭에 달아 줬지?」

「더는 대답 안 할 겁니다!」

「그래? 네놈한테는 안된 일이군!」

튜브 다섯 개가 차례로 터져 나갔다. 하지만 그것들 모두에 코카인이 들어 있지는 않았다. 길게 찢어진 부분에 조각을 덧대 붙인 한 튜브에서는 후작의 왕관 문양이 찍힌 은 식기가 나왔고, 또 한 튜브에는 레이스와 오래된 보석 몇 점이 들어 있었다.

정비소에는 차 열 대가 있었다. 매그레는 차례로 돌아가며 시동을 걸어 보았다. 시동이 걸리는 것은 단 한 대뿐이었다. 그래서 매그레는 만능 스패너, 경우에 따라 망치를 써가며, 엔진을 분해하고 연료 탱크를 뜯어냈다.

기계공이 눈으로 그를 좇으며 빈정거렸다.

「물건이 부족하진 않죠, 엥!」

4마력짜리 자동차의 연료 탱크에는 무기명 증권이 잔뜩 들어 있었다. 30만 프랑은 족히 될 것 같았다.

「파리 국립 할인 은행[8]에서 강탈해 온 거냐?」

「아마도!」

「이 옛날 주화들은?」

「몰라요……」

그곳은 고물상 뒷방보다 더 잡다했다. 진주, 지폐, 미국 은행권, 가짜 여권을 만드는 데 쓰이는 것으로 보이는 직인들, 한마디로 없는 게 없었다.

모든 것을 뜯어볼 수는 없었다. 하지만 운전석의 후줄근한 쿠션을 뜯어낸 그는 은으로 된 플로린[9]을 찾아냈다. 그것은 그 정비소에 있는 모든 것이 장물을 은닉하기 위한 위장 수단이라는 것을 증명하기에 충분했다.

트럭 한 대가 멈추지 않고 도로를 지나갔다. 15분 후, 또 한 대가 마찬가지로 정비소 앞을 지나쳤다. 반장이 미간을 찌푸렸다.

그는 그 사업의 메커니즘을 이해하기 시작했다. 그 정

---

8 1848년에 제2제정기 임시 정부가 설립한 프랑스 국립 은행.
9 13세기 피렌체 금화를 모방하여 프랑스를 비롯한 유럽 여러 나라에서 사용하던 화폐.

비소는 파리에서 50킬로미터 거리에 있는 국도변에 자리 잡고 있었다. 샤르트르, 오를레앙, 르망, 샤토당 같은 지방 대도시들과도 가까운 위치였다.

세 과부 집과 미쇼네의 집 거주자들을 제외하고는 이웃도 없었다.

그들이 무엇을 볼 수 있었겠는가? 수없이 많은 차들이 매일 지나갔다. 그중 적어도 1백 대는 주유기 앞에 멈춰 섰다. 또한 몇 대는 수리를 위해 정비소로 들어갔다. 정비소에서는 타이어나 타이어를 끼운 바퀴를 팔거나 교체해 줬다. 휘발유 통과 경유 통들이 손에서 손으로 건네졌다.

한 가지 사실이 무엇보다 흥미로웠다. 매일 저녁, 대형 트럭들이 레 알 시장에 배달할 채소를 싣고 파리로 올라 갔다. 그러고는 새벽이나 아침에 빈 차로 돌아왔다.

빈 차로……? 그 차들이 바구니와 채소 상자에 장물을 실어 나른 건 아니었을까?

그 일이 주기적으로, 일상적으로 이루어지고 있는지도 몰랐다. 코카인이 든 타이어 하나만 해도 밀매의 대대적인 규모를 보여 주기에 충분했다. 그것만 해도 시가 20만 프랑이 넘었으니까.

게다가 정비소가 도난 차량을 변조하는 데 쓰인 건 아닐까?

증인은 없었다! 두 손을 주머니에 찌르고 문턱에 서 있는 오스카 씨! 만능 스패너나 용접기를 다루는 기계공들! 감쪽같은 위장에 톡톡히 한몫을 하는 붉은색 주유기 다섯 대! 게다가 푸줏간 트럭, 빵집 트럭, 관광용 차들도 마찬가지로 그곳에 멈춰 서지 않는가?

멀리서 종소리가 들려왔다. 매그레는 손목시계를 들여다봤다. 새벽 3시 반이었다.

「두목이 누구냐?」 기계공을 쳐다보지도 않고 그가 물었다.

기계공이 대답은 하지 않고 소리 없이 웃기만 했다.

「결국에는 털어놓게 되리라는 걸 너도 잘 알잖아…….
오스카 씨냐? 그 사람 본명이 뭐지?」

「오스카…….」

기계공은 금방이라도 웃음을 터뜨릴 듯한 표정이었다.

「골드베르그 씨가 여기 왔었나?」

「그게 누구죠……?」

「나보다 네가 더 잘 알 텐데! 살해당한 벨기에인 말이야…….」

「농담하시는 거죠?」

「콩피에뉴 가에서 덴마크인을 해치우는 일은 누가 맡았나?」

「누가 누굴 해치웠다고요……?」

의심할 여지가 없었다. 매그레의 첫인상이 사실로 확

인되었다. 그는 고도로 조직화된 전문 범죄단과 대적하고 있었다.

곧 새로운 증거가 나타났다. 엔진 소리가 점점 커지면서 도로에서 차 한 대가 다가오더니 요란한 브레이크 소리를 내며 철제 셔터 앞에 멈춰 선 다음 경적을 울려 댔다.

매그레는 후닥닥 달려 나갔다. 하지만 문을 채 열기도 전에 차가 전속력으로 달아나는 바람에 그는 차의 형태조차 구별할 수 없었다.

반장이 주먹을 불끈 쥔 채 기계공에게 돌아왔다.

「어떻게 알려 줬지?」

「제가요……?」

기계공은 전깃줄에 묶인 손목을 내밀면서 킬킬거렸다.

「말해!」

「그야 냄새가 나니까 예민한 코를 가진 동무가 낌새를 알아차렸겠죠…….」

매그레는 기분이 영 개운치가 않았다. 그는 갑자기 조조를 바닥에 내동댕이치며 야전 침대를 뒤집었다. 바깥에 있는 경고 신호를 작동하게 하는 스위치가 존재할 수도 있었으니까.

하지만 아무것도 찾아내지 못했다. 그는 조조를 바닥에 내버려 두고 밖으로 나갔고, 평소처럼 환하게 불이 켜진 다섯 대의 주유기를 바라보았다.

그가 분통을 터뜨렸다.

「혹시 정비소에 전화가 있는 거 아냐?」

「찾아봐요!」

「너 그거 알아, 결국에는 불게 될 거라는 거……?」

「마음대로 지껄이시구려!」

의식화된 조직원의 전형인 그 젊은 녀석은 아무리 족
쳐 봤자 입을 열지 않을 것 같았다. 매그레가 15분간 도
로를 따라 50미터 정도 걸으며 신호로 사용될 만한 것을
찾아봤지만 허사였다.

미쇼네의 집 2층 창문을 밝히던 등은 이제 꺼져 있었
다. 세 과부 집에만 등이 켜져 있었고, 정원을 포위한 형
사들의 모습이 어렴풋이 보였다.

리무진 한 대가 쏜살같이 지나갔다.

「너희 사장, 어떤 종류의 차를 갖고 있지?」

동이 트는지 동쪽 지평선에 깔린 안개가 회뿌옇게 변해
갔다.

매그레는 기계공의 손을 뚫어지게 쳐다보았다. 그 손
은 분명 신호를 보낼 수 있는 어떠한 물건도 건드리지 않
았다.

정비소의 철제 셔터에 뚫린 작은 문을 통해 서늘한 바
람이 불어왔다.

하지만 엔진 소리를 듣고 도로 쪽으로 걸어가던 매그

레가, 멈추려는 듯 시속 30킬로미터를 넘지 않는 속도로 다가오다 갑자기 속도를 내는 4인용 무개차를 본 순간, 폭죽이 터지듯 요란한 총성이 울려 퍼졌다.

남자 여럿이 일제 사격을 가했고, 철제 셔터에 맞은 총알이 불똥과 함께 타닥타닥 소리를 내며 튀었다.

전조등 불빛과 시커먼 그림자들, 그러니까 차체 밖으로 내민 머리들 외에는 아무것도 보이지 않았다. 얼마 지나지 않아 가속기를 밟는 날카로운 소리…….

박살 나는 유리창…….

이번에는 세 과부 집 2층이었다. 차에 탄 사내들이 그곳을 겨냥해 총을 마구 쏘아 댔다…….

바닥에 엎드려 있던 매그레가 몸을 일으켰다. 목이 칼칼했고, 파이프는 꺼져 있었다.

그는 어둠 속으로 사라져 버린 자동차의 운전석에서 오스카 씨를 알아봤다고 확신했다.

8
사라진 자들

반장이 도로 중앙으로 채 나가기도 전에 택시 한 대가 쏜살같이 달려와 급브레이크를 밟더니 주유기 앞에 멈춰 섰다. 남자 하나가 택시에서 황급히 내리다 매그레와 부딪쳤다.

「그랑장……!」 매그레가 소리쳤다.

「휘발유부터 채워요, 빨리……!」

택시 기사는 얼마나 긴장했는지 안색이 백지장처럼 창백했다. 최대 시속 80킬로미터로 제작된 차를 시속 1백 킬로미터로 몰고 왔으니 오죽했으랴.

그랑장은 노상 범죄 단속반 소속이었다. 택시에는 형사 둘이 더 타고 있었다. 각자 손에 권총을 한 자루씩 쥔 채.

택시 기사가 흥분에 들뜬 동작으로 차에 휘발유를 채웠다.

「멀리 갔습니까?」

「5킬로미터 정도 앞서 가고 있을 걸세……」

택시 기사가 출발 명령을 기다리고 있었다.

「자넨 여기 남아!」 매그레가 그랑장에게 명령했다. 「저 두 친구한테 계속 추격하라고 하고……」

그러고는 그 형사들에게 충고했다.

「서툰 짓은 하지 말게! ……독 안에 든 쥐나 마찬가지니까! ……바짝 뒤쫓는 걸로 만족해.」

택시가 출발했다. 차체에서 떨어진 흙받기가 도로를 따라가며 요란한 소리를 냈다.

「어떻게 된 일인지 말해 보게, 그랑장!」

매그레는 교차로의 세 집을 번갈아 살피고, 어둠 속에서 나는 소리를 염탐하고, 손발이 묶여 있는 기계공을 감시하며 그랑장의 얘기에 귀를 기울였다.

「뤼카 형사가 저에게 전화를 걸어 이곳 정비소 사장 오스카 씨를 감시해 달라고 하더군요. 전 포르트 도를레앙에서 그를 미행하기 시작했습니다. 부부는 레스카르고에서 아무도 안 만나고 거하게 저녁 식사만 했습니다. 그러고는 앙비귀 극장으로 갔죠. 그때까지는 관심을 둘 만한게 전혀 없었어요. 자정에 극장을 나서기에 지켜보니 쇼프 생마르탱으로 가더군요. 반장님도 아시다시피…… 그곳 2층에 있는 작은 방에는 늘 깡패 몇 놈이 진을 치고 있잖아요……. 오스카 씨는 제집 드나들듯 거리낌 없이 그곳으로 들어갔어요. 깡패들이 그에게 인사를 했고, 그곳 사장이 그와 악수를 나누고는 사업은 잘돼 가느냐고 묻더군요…….

여자 역시 물 만난 물고기 같았어요.

그들은 남자 셋, 여자 하나가 이미 자리를 잡고 있는 테이블로 가서 합석했어요. 남자 셋 중 둘은 제가 아는 얼굴이었는데, 하나는 레퓌블리크 광장 인근에서 철판을 파는 놈이고, 또 하나는 탕플 가에서 고물상을 하는 놈이었습니다. 세 번째는 모르는 놈인데, 같이 있던 계집은 분명 풍기 단속국 장부에 올라 있을 겁니다…….

그들이 웃고 떠들며 샴페인을 마시기 시작했어요. 그러고는 가재 요리, 양파 수프, 뭐 그런 것들을 주문하더군요. 진짜 흥청망청 술잔치였어요. 그치들 흔히 하는 거 있잖아요. 서로 욕을 해대고, 허벅지를 쳐대고, 때때로 노래를 불러 가면서…….

그러다 질투 때문에 언쟁이 있었어요. 오스카 씨가 아가씨와 들러붙어 시시덕거리자 아내가 그 아가씨를 못마땅해했거든요. 하지만 샴페인을 한 병 더 따자 금방 정리가 되더군요.

술집 사장이 가끔 와서 그들과 건배를 하고 술을 한 잔씩 돌리기까지 했어요……. 그러고는 새벽 3시쯤이었던

것 같은데, 보이가 와서 누가 전화로 오스카 씨를 찾는다
고 하더군요.

전화박스에서 돌아온 그는 더 이상 시시덕거리지 않
았어요. 그가 기분 나쁜 눈길로 절 쳐다봤어요. 그 패거
리에 속하지 않는 손님은 저뿐이었거든요. 그가 목소리
를 낮춰 다른 사람들에게 뭐라고 말했어요. 갑자기 분위
기가 얼마나 싸늘해지던지! 다들 긴 목을 이렇게 쑥 뽑고
는……. 그 여자는 — 오스카 씨 아내 말입니다 — 다크
서클이 뺨 한가운데까지 내려와서는 다리가 후들거리는
지 술을 한 잔 가득 따라 마시더군요.

부부를 따라온 녀석이 하나 있었는데, 제가 모르는 놈
이었어요. 이탈리아나 스페인계 같던데…….

그들이 작별 인사를 나누며 이런저런 얘기를 주고받는
동안, 제가 먼저 거리로 나왔어요. 크게 흉물스럽지 않은
택시를 골라 타고, 생드니 문에서 근무하는 형사 둘을 불
렀죠.

반장님도 그놈들 차 보셨죠? ……나 참! 생미셸 로부
터는 시속 1백 킬로미터를 밟지 뭡니까. 교통순경이 열
번도 넘게 호각을 불었는데, 뒤도 안 돌아보고 내뺐어요.
……그놈들 쫓느라 얼마나 힘들었는지. 러시아인 택시 운
전수가 이러다 엔진 다 타버리겠다고 투덜댈 정도였으니
까요.」

144

「총을 쏜 게 그들인가?」

「예!」

연속적인 폭발음을 들은 뤼카가 세 과부 집에서 나와 반장에게 달려왔다.

「무슨 일입니까?」

「부상자는?」

「상태가 더 안 좋습니다. 그래도 아침까지는 버틸 겁니다……. 외과의도 곧 도착할 거고요. 근데 여긴……?」

뤼카가 총알 자국이 뻥뻥 뚫린 정비소 철제 셔터와 여전히 전깃줄에 묶인 채 야전 침대에 누워 있는 기계공을 쳐다보았다.

「범죄 조직이죠, 그렇죠, 반장님?」

「물론……!」

매그레는 평소보다 더 근심이 많아 보였다. 그것은 특히 살짝 처진 어깨를 통해 드러났다. 파이프 대를 물고 있는 그의 입술에 묘한 주름이 잡혔다.

「뤼카, 자네가 그물망을 쳐. 아르파종, 에탕프, 샤르트르, 오를레앙, 르망, 랑부예에 전화를 걸게. 지도를 보는 게 나을 거야……. 모든 군경대를 깨워! 도시 입구마다 사슬을 치게 하고. 그놈들, 독 안에 든 쥐야. ……엘세 안데르센은 뭐 하고 있나?」

「저도 모르겠어요……. 방에 두고 왔거든요……. 충격

으로 몹시 낙담해 있어요…….」

「설마! 낙담이 아니라 농담이겠지!」 뜻밖에도 매그레가 아이러니를 담아 대꾸했다.

그들은 여전히 도로에 서 있었다.

「근데 전화는 어디서 하죠……?」

「정비소 사장 집 복도에 전화기가 있네……. 오를레앙부터 시작하게, 그놈들 이미 에탕프는 지나쳤을 테니까…….」

들판 한가운데 외따로이 있는 농장에 불이 켜졌다. 농부들이 깨어나고 있었다. 초롱 하나가 벽 모퉁이를 돌아가더니 사라졌다. 그러더니 이번에는 축사 창들이 훤히 밝아 왔다.

「새벽 5시…… 농장 사람들이 소젖을 짜기 시작하는군…….」

뤼카가 어슬렁거리며 걸어가더니 정비소에 주운 펜치로 오스카 씨 집의 문을 따고 들어갔다.

그랑장은 정확하게 무슨 일이 벌어지고 있는지 이해하지 못한 채 무작정 매그레를 따라갔다. 반장이 중얼거렸다.

「지금까지 일어난 일들은 아주 간단해! 사건이 어떻게 시작된 건지 그것만 밝히면 돼…….

이봐! 저 위에 자신이 걸을 수 없다는 것을 나에게 확인시켜 주기 위해 일부러 날 보자고 했던 시민 한 분이 있네. 몇 시간 동안 꼼짝도 않고, 정말 꼼짝도 않고 같은 자리에 앉아 있었지…….

모든 창문에 불이 켜져 있지, 안 그런가? 그런데 난 엉뚱한 곳에서 신호를 찾고 있었으니……! 자넨 무슨 말인지 알 수 없을 거야……. 서지 않고 지나간 자동차들 얘기네…….

그런데 아까는 창에 불이 들어와 있지 않았거든…….」

매그레는 아주 웃기는 뭔가를 발견한 사람처럼 껄껄 웃음을 터뜨렸다.

반장이 갑자기 주머니에서 권총을 꺼내, 안락의자 등받이에 머리를 기대고 있는 그림자가 보이는 집의 창문을 겨냥했다.

총성은 채찍으로 후려치는 소리처럼 건조했다. 와장창 창유리가 정원에 떨어져 산산조각 나는 소리가 뒤따랐다.

하지만 방에서는 움직임이 전혀 없었다. 그림자는 드리워진 천 블라인드 뒤에서 이전과 똑같은 형태를 유지하고 있었다.

「무슨 짓을 하신 겁니까?」

「문을 부숴! ……아니, 먼저 벨을 울리게! 그래도 누가 문을 열어 주러 나오는 일은 없을 걸세…….」

역시 아무도 나오지 않았다. 집 안에서는 아무 소리도

들려오지 않았다.

「문을 부수게!」

그랑장은 덩치가 크고 힘이 셌다. 그가 뒤로 물러섰다가 어깨로 들이받기를 세 차례 반복하자 결국 경첩이 뽑히면서 문짝이 나자빠졌다.

「천천히…… 조심하게…….」

두 사람은 각각 손에 권총을 들고 있었다. 식당의 스위치가 제일 먼저 켜졌다. 붉은색 바둑판무늬 식탁보가 덮인 식탁 위에 저녁 식사 때 쓴 더러운 접시들과 백포도주가 남은 병이 아직 놓여 있었다. 매그레는 병째 들고 남은 포도주를 마셨다.

거실에는 아무것도 없었다! 덮개를 씌워 놓은 안락의자들. 사람이 기거한 적 없는 방 특유의 끈적끈적한 분위기.

움직이는 것이라곤 하얀 타일 벽으로 둘러싸인 부엌에서 달아나는 고양이 한 마리뿐이었다.

그랑장이 불안한 표정으로 매그레를 쳐다보았다. 그들은 곧 층계를 올라갔고, 문 세 개가 층계참을 에워싸고 있는 2층에 이르렀다.

반장이 맞은편 침실 문을 열었다.

깨진 유리창으로 몰려든 바람이 블라인드를 마구 흔들어 대고 있었다. 그들은 안락의자에서 황당한 것을 봤다. 바깥에서 블라인드에 비친 그림자만 보면 사람이 앉아 있는 것처럼 보이도록, 끝부분을 헝겊으로 겹겹이 싼 빗자루가 안락의자 등받이 위로 튀어나오게 비스듬히 세워져 있었다.

매그레는 헛웃음도 짓지 않았다. 그는 사잇문을 열어 텅 비어 있는 두 번째 침실도 확인했다.

마지막 층. 사과가 2~3센티미터 간격을 두고 나란히 놓여 있고, 대들보에 줄줄이 펜 푸른 콩꼬투리가 매달려 있는 다락방 하나. 한때는 하녀 방이었지만 낡은 침대 탁자 하나만 덩그러니 놓인 것으로 보아 더 이상 사용되지 않는 것이 분명한 침실 하나.

그들은 다시 아래층으로 내려갔다. 매그레는 부엌을 가로질러 마당으로 나갔다. 마당은 동쪽으로 나 있었고, 이제 그쪽에서 지저분한 서광이 점점 세를 넓혀 가고 있었다.

작은 창고…… 문이 움직였다…….

「거기 누구냐……?」 권총을 겨누며 반장이 외쳤다.

공포에 질린 비명이 들려왔다. 안쪽에서 더 이상 잡고 있지 않자 문이 스르르 열렸다. 그들은 무릎을 꿇고 앉아 이렇게 외치는 여자를 보았다.

「전 아무 짓 안 했어요! 용서해 주세요! 전…… 전…….」

산발을 한 미쇼네 부인이 옷에 석회를 잔뜩 묻힌 채 숨어 있었다.

「당신 남편은?」

「전 몰라요! ……맹세코 전 아무것도 몰라요! ……전 안 그래도 충분히 불행해요……!」

그녀가 슬피 흐느꼈다. 투실투실한 살이 모두 문드러져 내리는 듯했다. 얼굴은 눈물 때문에 붓고 공포로 일그러져 평소보다 10년은 더 늙어 보였다.

「제가 아니에요! 전 아무 짓도 안 했어요! ……맞은편 집 그 남자 짓이에요…….」

「어떤 남자요?」

「외국인 말이에요……. 전 아무것도 몰라요! ……하지만 그 남자 짓이에요, 믿으셔도 돼요! 제 남편은 살인자도 도둑도 아니에요……. 그는 평생 선량하게 살아온 사람이에요! ……그 남자 짓이에요! 흉측한 눈을 한 그 남자요! ……그 사람이 교차로에 와서 산 이후로 모든 게 잘못돼 가고 있어요……. 전…….」

닭장은 바닥에 뿌려진 노란 옥수수 알갱이를 쪼는 암탉들로 가득했다. 창턱에 걸터앉아 있는 고양이의 두 눈이 어슴푸레한 어둠 속에서 번뜩였다.

「일어나세요…….」

「절 어쩌실 거죠? ……총은 누가 쐈어요?」

보기에도 딱했다. 나이가 쉰은 되어 보이는 여자가 어

린아이처럼 울어 댔으니까. 그녀는 어쩔 줄을 몰라 하고 있었다. 겨우 일어선 그녀의 어깨를 매그레가 무심결에 토닥여 주자 그의 품으로 파고들 정도였다. 어쨌거나 그녀는 반장의 가슴에 머리를 기댔고, 그의 소맷자락을 붙들고 매달리며 신음했다.

「전 가련한 여자에 지나지 않아요! 평생 일만 했다고요! 결혼할 당시, 저는 몽펠리에서 가장 큰 호텔의 경리로 일하고 있었어요.」

매그레는 그녀를 밀쳐 냈지만 신세 한탄을 그만두게 할 수는 없었다.

「그냥 계속 거기 있을걸 그랬나 봐요……. 그곳 사람들은 절 존중해 줬거든요. 제가 떠나기로 결심했을 때, 절 높이 사던 사장님이 호텔을 그리워하게 될 거라고 말했던 게 기억나요……. 사실이 그래요! 그 후로 죽어라 고생만 했거든요…….」

그녀가 또다시 울음을 터뜨렸다. 고양이를 보자 자기 신세가 더 처량하게 느껴지는 모양이었다.

「불쌍한 미추……! 너도 아무 잘못 없단다! 그리고 내 암탉들, 내 작은 살림, 내 집……! 반장님! 그 애꾸가 지금 제 앞에 있다면 죽일 수도 있을 것 같아요! 전 그를 처음 본 날부터 직감했어요……. 그 검은 눈만 봐도…….」

「당신 남편은 어디 있소?」

「그걸 제가 어떻게 알겠어요?」

「어제저녁 일찍 집을 나섰죠, 안 그렇소? 정확하게는 내가 방문한 직후에! 그 사람, 나만큼이나 쌩쌩했던 거요…….」

그녀는 뭐라고 대답해야 할지 몰랐다. 그녀가 마치 자신을 도와줄 사람을 찾는 듯 황급히 주변을 둘러보았다.

「그이가 통풍에 시달린 건 사실이에요…….」

「엘세 양이 여기 온 적 있소?」

「천만에요!」 그녀가 분노에 차 외쳤다. 「전 그런 계집이 우리 집에 발을 들여놓는 거 질색이에요…….」

「그럼 오스카 씨는?」

「그 사람 체포하셨어요?」

「거의!」

「그 사람은 그래도 싸요……. 제 남편은, 교육을 전혀 받지 못한, 우리랑 수준이 안 맞는 사람들과는 상종하지 말았어야 했어요……. 아! 남자들이 여자들 말에 귀를 기울이기만 한다면……. 반장님! 반장님은 앞으로 어떤 일이 벌어질 거라고 생각하세요? 시도 때도 없이 총성이 들려오니 정말이지 너무 불안해서……. 남편에게 무슨 일이라도 생기면 전 창피해서 죽을지도 몰라요! ……제가 일을 다시 시작하기에는 너무 늙었다는 건 차치하더라도…….」

「집으로 돌아가세요…….」

「제가 뭘 해야 하죠?」

「따뜻한 것 좀 마시고…… 기다리세요. 가능하면 눈을
좀 붙이시든지…….」

「자라고요……?」

그 말에 그녀가 또다시 눈물을 펑펑 쏟았다. 하지만 두
사람이 집에서 나와 버렸기 때문에 그녀는 홀로 눈물을
훔쳐야 했다.

미쇼네 씨의 집을 나서던 매그레가 되돌아가 수화기를
들었다.

「여보세요? 아르파종? ……경찰이오! ……지난밤에 이
전화가 어디로 연결됐는지 알려 주겠소?」

몇 분을 기다려야만 했다. 마침내 답변이 들려왔다.

「통화 기록 27-45……. 생마르탱 문에 있는 큰 카페요.」

「틀림없군……. 세 과부 교차로에서 다른 통화 요청이
있었는지 확인해 주겠소?」

「잠깐만요……. 정비소에서 군경대들을 요청하고 있어
요…….」

「고맙소!」

매그레가 도로에 있던 그랑장 형사와 합류했을 때, 안
개 같은 는개가 부슬부슬 내리기 시작했다. 그럼에도 하
늘은 점점 희뿌옇게 변해 갔다.

「어찌 된 일인지 반장님께서는 아시겠습니까?」

「얼추…….」

「저 여자가 연극을 한 거죠, 안 그렇습니까?」

「그녀는 아는 대로 솔직히 털어놓은 거네…….」

「하지만…… 그 남편은…….」

「그 작자는 전혀 다른 문제지. 선량한 사람이 어느 순간에 홱 돌아 버린 거야. 아니면 선량한 척하는 재주를 타고난 악당이거나……. 문제가 아주 복잡해! ……그 인간, 묘수를 찾기 위해 몇 시간을 궁리하고…… 놀라울 정도로 복잡한 계책을 상상해 내고…… 자신이 꾸며 낸 역할을 완벽하게 수행하고……. 이제는, 이를테면 선량하게 살아오던 사람이 무엇 때문에 악당이 되기로 결심하게 됐는지 그 이유를 알아내는 일이 남았네. 끝으로, 그가 지난밤에 무슨 일을 저지르기로 작정했는지도 알아내야 하고…….」

매그레가 파이프를 채우고는 세 과부 집 철책 문으로 다가갔다. 형사 하나가 잠복 중이었다.

「별일 없나?」

「아무것도 못 찾아낸 것 같습니다……. 정원을 완전히 포위했는데…… 다들 사람 그림자도 못 봤답니다…….」

두 사람은 희미한 빛을 받아 누렇게 색이 변하면서 건축 양식의 세부들을 드러내기 시작하는 집을 우회했다.

넓은 거실은 첫 방문 때와 똑같은 상태였다. 화가(畵架)

에는 여전히 새빨간 색의 커다란 꽃들이 그려진 천 밑그림이 놓여 있었다. 축음기에 놓인 음반에서 디아볼로[10] 모양의 반사광 두 개가 떠올랐다. 새벽빛이 불규칙하게 퍼지는 증기처럼 거실로 스며 들어왔다.

삐걱거렸던 계단들이 또다시 삐걱거렸다. 반장이 오기 전까지 거친 숨을 몰아쉬던 카를 안데르센은 방으로 들어서는 반장을 보자마자 입을 다물었다. 하지만 그도 고통은 다스려도 불안은 다스리지 못했다. 그가 더듬거리며 말했다.

「엘세는 어디 있죠?」

「자기 방에.」

「아아……!」

그는 반장의 대답에 한시름 놓은 듯했다. 그가 안도의 한숨을 내쉬고는 이마를 찡그리며 자기 어깨를 만져 보았다.

「이 정도로 죽지는 않을 것 같군요…….」

무엇보다 쳐다보기 거북한 것은 그의 유리 눈알이었다. 표정의 변화에 전혀 동참하지 않았으니까. 모든 얼굴 근육이 움직이는 동안에도 휘둥그레 뜬 그 눈은 선명하고 맑은 채로 남아 있었다.

10 두 장대와 줄로 공중에서 돌리는 팽이로, 모래시계와 같은 형태이다.

「엘세가 이 꼴을 하고 있는 저를 보지 않는 편이 차라리 나을 것 같아요⋯⋯. 반장님께서는 제 어깨가 회복될 거라고 보십니까? 솜씨 좋은 외과의를 불렀나요?」

그 역시 불안에 짓눌리자 미쇼네 부인처럼 어린아이로 변했다. 눈길이 애원하고 있었다. 제발 안심시켜 달라고 요청하고 있었다. 하지만 마음은 온통 자신의 신체, 사건들이 자신의 외양에 남길지 모를 흔적에 빼앗긴 듯했다.

그럼에도 그는 비범한 의지력과, 고통을 극복하는 놀라운 능력을 보여 주었다. 그가 입은 두 군데 상처를 본 매그레도 그 분야에 정통한 사람으로서 그 점을 높이 평가했다.

「반장님께서 엘세에게 전해 주세요⋯⋯.」

「그녀를 만나 보고 싶지 않소?」

「예! 안 보는 게 낫겠어요⋯⋯. 하지만 제가 여기 있다고, 곧 회복될 거라고, 그리고⋯⋯ 정신도 말짱하다고, 믿음을 가져야만 한다고 전해 주세요. ⋯⋯믿음! 이 말을 반복해 주세요. 성경 말씀 몇 구절을 읽으라고⋯⋯. 이를테면 〈욥기〉를 읽으라고요. 반장님은 웃으시겠죠, 프랑스인들은 성경을 잘 모르니까요⋯⋯. 믿음⋯⋯! 〈언제나 나는 내 백성을 알아볼 것이다⋯⋯.〉 주님께서는 이렇게 말씀하셨어요⋯⋯. 주님께서는 자기 백성을 알아보세요⋯⋯. 엘세에게 그렇게 전해 주세요! ⋯⋯그리고⋯⋯

〈하늘에 더 큰 기쁨이 있나니…….〉 엘세도 알아들을 겁니다. 끝으로…… 〈정의로운 자는 하루에 아홉 번 시험에 든다…….〉」

정말이지 놀라운 사람이었다. 부상을 입고 고통스러워하며 두 형사 사이에 누워 있으면서도 그는 평온하게 성경 구절을 인용하고 있었다.

「믿음……! 그녀에게 전해 주실 거죠, 그렇죠? 결백한 사람이 단죄받은 예는 없으니까요…….」

그가 인상을 찡그렸다. 그랑장 형사의 입술에 떠도는 미소를 봤던 것이다. 그가 혼잣말로 입속에서 웅얼거렸다.

「*Franzose……!*」

프랑스 사람! 달리 말해 무신론자! 달리 말해 회의적이고, 경박스럽고, 비판적이고, 회개하지 않는 사람!

낙담한 안데르센은 돌아누워 성한 눈으로 벽만 뚫어져라 노려보았다.

「그녀에게 전해 주세요…….」

하지만 매그레와 그의 동료가 문을 밀었을 때 엘세의 방에는 아무도 없었다.

숨 막히는 온실 분위기! 불투명한 구름처럼 떠다니는 옅은 담배 연기. 그리고 아주 농염하면서도, 순진한 학생은 물론 다 큰 남자의 얼까지 빼놓을 만큼 여성적인 분위기!

하지만 아무도 없었다! 창문은 잠겨 있었다. 엘세는 그곳으로 나간 게 아니었다…….

벽의 비밀 은닉처, 신경 안정제 병, 열쇠와 권총을 가리고 있던 그림은 제자리에 있었다.

매그레는 그림을 옆으로 젖혔다. 권총이 사라지고 없었다.

「날 그런 눈으로 보지 말게, 제길……!」

매그레는 이렇게 욕설을 내뱉으며 그를 따라 들어와 정말 대단하다는 눈길로 자신을 바라보는 그랑장을 쏘아보았다.

그 순간, 반장이 너무 세게 무는 바람에 파이프 대가 깨지면서 담배통이 양탄자에 떨어져 나뒹굴었다.

「도망친 건가요?」

「입 닥치게!」

화가 머리끝까지 치민 그가 거칠게 외쳤다. 깜짝 놀란 그랑장이 주눅 들어 꼼짝 않고 서 있었다.

아직은 날이 완전히 밝지 않은 상태였다. 여전히 뿌연 증기가 바닥을 기어 다니고 있었지만, 아직 주변을 밝히지는 못했다. 빵집 주인의 낡은 포드가 갈지자로 비틀거리며 도로를 지나갔다.

갑자기 매그레가 복도로 나가더니 층계를 뛰어 내려갔다. 그가 창 겸 문 두 개가 정원을 향해 활짝 열려 있는 거실에 도달한 바로 그 순간, 무시무시한 외침, 단말마의 비명, 비탄에 빠진 짐승의 처절한 울음소리가 울려 퍼졌다.

전혀 예상치 못한 장애물에 억눌린 목소리로, 비명을 질러 대는 건 여자였다.

그 비명은 아주 멀리서 혹은 아주 가까이에서 들려왔다. 그것은 코니스[11]에서 들려오는 것일 수도, 땅 밑에서 들려오는 것일 수도 있었다.

그 비명이 야기한 불안이 얼마나 컸던지 쪽문을 지키던 형사가 얼굴이 헬쑥해져 달려왔을 정도였다.

「반장님! ……반장님도 들으셨어요……?」

화가 머리끝까지 치민 매그레가 외쳤다.

「조용히 해, 빌어먹……」

매그레가 말을 채 끝내기도 전에 총성이 울려 퍼졌다. 하지만 너무 희미해서 왼쪽인지 오른쪽인지, 정원인지, 집 안인지, 숲 속인지, 도로 위인지 도무지 가늠할 수가 없었다.

잠시 후 층계에서 발소리가 들려왔다. 반장은 한 손으로 가슴을 누르고 뻣뻣한 몸을 이끌며 내려오는 카를 안데르센을 보았다. 그가 미친 사람처럼 소리쳤다.

「엘세예요……!」

11 서양 고전 건축에서 벽이나 기둥 맨 윗부분.

그가 거친 숨을 몰아쉬었다. 유리 눈알은 미동도 하지 않았다. 반장은 그가 휘둥그레 뜬 한 눈으로 누구를 쳐다보고 있는지 알 수 없었다.

9
줄지어 선 사람들

몇 초간, 총성의 마지막 메아리가 얼추 사위어 가는 사이, 모두가 동작을 멈추었다. 그들은 이어질 총성을 기다리고 있었다. 카를 안데르센이 걸음을 옮겨 자갈로 덮인 오솔길에 도달했다.

정원에 잠복해 있던 형사 중 하나가 갑자기 도르래가 달린 우물이 있는 텃밭 중앙으로 달려갔다. 그가 허리를 숙여 우물 속을 들여다보는가 싶더니 흠칫 뒤로 물러서며 휘파람을 불어 댔다.

「순순히 안 따라나서면 강제로라도 데려가게!」 매그레가 비틀거리는 덴마크인을 가리키며 뤼카 형사에게 소리쳤다.

모든 일이 어수선한 새벽 분위기 속에서 동시에 일어났다. 뤼카가 부하 중 하나에게 신호를 보냈다. 그들 둘이 부상자에게 다가가 잠시 설득하다, 도무지 말을 들으려 하지 않자 그를 넘어뜨리고는 팔다리를 나눠 들고 데려갔다. 카를은 사지를 버둥거리며 헐떡이는 목소리로 격렬하게 항의했다.

매그레가 우물에 도착하자, 형사가 황급히 소리쳐 그를 저지했다.

「조심하세요……!」

아닌 게 아니라 총알이 아슬아슬하게 스쳐 지나갔고, 우물 속에서 터져 나온 총성이 메아리의 긴 파도를 타고 한동안 이어졌다.

「누군가?」

「젊은 여자요……. 남자도 한 명……. 육탄전을 벌이고 있습니다…….」

반장은 조심스레 우물 안을 들여다보았다. 하지만 거의 아무것도 보이지 않았다.

「자네 손전등…….」

반장에게는 대충 무슨 일이 벌어지고 있는지 감을 잡을 시간밖에 없었다. 또 한 발이 손전등을 박살내 버릴 뻔했으니까.

남자는 다름 아닌 미쇼네였다. 우물은 크게 깊지 않았다. 반면에 꽤 넓고 물이 바싹 말라 있었다.

두 사람이 그 안에서 싸우고 있었다. 얼핏 본 것으로 판단컨대, 보험업자는 질식시켜 죽일 기세로 엘세의 목을 조르고 있었고, 엘세는 손에 권총을 쥔 채 몸부림치고 있었다. 하지만 미쇼네는 그 손마저 붙든 채 총구 방향을 제멋대로 틀어 댔다.

「어떡하죠?」 형사가 당황해 어쩔 줄 몰라 하며 물었다.

간헐적으로 헐떡거림이 들려왔다. 서서히 질식해 가는 와중에도 필사적으로 몸부림치며 저항하는 엘세의 헐떡거림이었다.

「미쇼네, 투항하시오……!」 매그레가 소리쳤다. 혹시 모르는 일이니까.

미쇼네는 대답조차 하지 않고 허공에 대고 총을 쏴댔다. 그러자 반장도 더는 망설이지 않았다. 우물은 3미터 깊이였다. 매그레가 훌쩍 뛰어내려 보험업자의 등에 곧장 떨어졌다. 그 와중에 엘세도 한쪽 다리를 밟히고 말았다.

대혼란이었다. 또다시 발사된 총알 한 발이 우물 벽을 스치고 하늘로 사라졌다. 반장은 불상사가 생기지 않도록 두 주먹으로 있는 힘을 다해 미쇼네의 머리를 가격했다.

네 번을 가격당하고 나서야 보험업자는 반장을 향해 부상당한 짐승의 눈길을 던졌고 비틀대다가 옆으로 고꾸라졌다. 눈언저리가 멍들고, 턱이 빠진 채.

엘세는 두 손으로 목을 감싼 채 숨을 쉬느라 캑캑댔다.

어두컴컴한 데다 초석과 진흙 냄새가 진동하는 우물

밑바닥에서 벌어진 그 한판 승부는 비극적인 동시에 우스꽝스러웠다.

에필로그는 더욱 우스웠다. 도르래 줄에 묶어 끌어올린 미쇼네는 축 늘어져 연방 신음을 뱉어 냈고, 매그레가 손을 잡아 당겨 올린 엘세는 검은색 벨벳 드레스에 푸르스름한 이끼가 잔뜩 묻어, 그 더러운 몰골이 가관이었다.

엘세도, 미쇼네도 완전히 정신을 잃지는 않은 상태였다. 하지만 그들은 권투 경기를 패러디하다가 뒤엉킨 채 바닥에 쓰러져서도 계속 허공에 대고 주먹질을 해대는 광대들처럼 기진맥진해 있었다.

매그레는 우물 밑에서 주워 온 권총을 살펴보았다. 그것은 엘세의 권총, 침실 벽의 은닉처에서 사라진 권총이었다. 아직 한 발이 남아 있었다.

이마를 잔뜩 찡그린 채 집에서 나온 뤼카가 그 광경을 쳐다보며 한숨 쉬듯 말했다.

「카를 안데르센이 어찌나 발광을 하던지 부하들을 시켜 침대에 묶어야 했습니다……」

형사가 물 적신 손수건으로 엘세의 이마를 닦아 주고 있었다. 뤼카가 물었다.

「저 둘은 도대체 어디서 나온 겁니까?」

그가 말을 채 끝내기도 전에, 기운이 빠져 몸조차 제대로 가누지 못하던 미쇼네가 분노로 일그러진 얼굴을 하고 갑자기 엘세에게 달려들었다. 그녀에게 미처 닿기도 전에 매그레가 그를 발로 걸어차 2미터 떨어진 곳에서 뒹굴게 만들고는 소리쳤다.

「이제 끝났어, 이 코미디!」

그러고는 폭소를 터뜨렸다. 보험업자의 표정이 너무나 우스꽝스러웠던 것이다. 어른에게 붙잡혀 볼기를 얻어맞으며 끌려가면서도 자신의 나약함을 인정하지 않은 채 계속 몸부림치고 악쓰고 울고 깨물고 때리려고 드는 성난 꼬마를 떠올리게 했다.

아닌 게 아니라 미쇼네는 엉엉 울고 있었다! 울면서 인상을 쓰고 있었다! 심지어 주먹으로 위협하기까지 했다!

엘세가 마침내 일어나서 손으로 이마를 닦았다.

「후유, 정말 죽는 줄 알았네!」 그녀가 파리한 미소를 지으며 한숨 쉬듯 말했다. 「목을 어쩌나 세게 조르던지……」

그녀의 뺨에는 시커먼 흙이 묻어 있었고, 헝클어진 머리카락도 진흙투성이였다. 매그레라고 그녀보다 더 깨끗하지는 않았다.

「우물 속에서 뭘 하고 있었던 게요?」 그가 물었다.

그녀가 매그레를 향해 예리한 눈길을 날렸다. 미소는 어느새 사라지고 없었다. 순식간에 냉정을 되찾았다는 느낌이 들 만큼 표정이 서늘했다.

「대답하시오……」

「저…… 저는 그곳에 강제로 끌려 들어갔어요…….」

「미쇼네한테……?」

「사실이 아냐!」 미쇼네가 부르짖었다.

「사실이에요……. 절 목 졸라 죽이려 했어요……. 저 사람 미쳤나 봐요…….」

「거짓말! 미친 건 저 여잡니다! 아니, 그보다는 저 여자가 바로…….」

「바로 뭡니까?」

「몰라요! 바로…… 돌로 머리를 찧어 죽여야 할 독사예요…….」

해가 서서히 떠오르고 있었다. 모든 나무에서 새들이 재잘거렸다.

「당신은 왜 권총으로 무장하고 있었죠?」

「함정이 두려웠으니까요…….」

「무슨 함정? 잠깐! 순서대로 따져 봅시다……. 당신은 방금 공격을 받고 우물 속으로 강제로 끌려갔다고 진술했소…….」

「그 여잔 거짓말을 하고 있어요!」 보험업자가 발작적으로 소리쳤다.

「그렇다면 당신이 공격받은 장소를 보여 주시오…….」 매그레가 말을 이었다.

그녀가 주변을 둘러보고는 테라스 층계를 가리켰다.

「저기요? 그런데 왜 소리를 지르지 않았죠……?」

「그럴 수가 없었어요……」

「단신에다 비쩍 마른 이 양반이 당신을 우물까지, 다시 말해, 55킬로그램의 짐을 지고 2백 미터를 갔다고 주장하는 거요?」

「사실이에요……」

「거짓말입니다!」

「저 사람 입 좀 닥치게 해요!」 그녀가 짜증을 내며 말했다.「저 사람 미쳤다는 거 보고도 모르시겠어요? 게다가 저러는 거 어제오늘 일이 아니에요……」

그는 또다시 그녀에게 달려들려고 하는 미쇼네를 진정시켜야만 했다.

그들은 정원에서 작은 무리를 형성하고 있었다. 매그레와 뤼카와 형사 둘은 얼굴이 퉁퉁 부어오른 보험업자와, 말하는 와중에도 옷매무새를 가다듬느라 여념이 없는 엘세를 쳐다보고 있었다.

그 장면이 왜 비극은 고사하고 드라마조차 되지 못하는지 꼭 집어 말하기는 어려웠다. 그 장면은 오히려 우스꽝스러운 장난 같았다.

어쩌면 이도 저도 아닌 새벽이라는 시간도 모종의 역할을 하지 않았을까? 각자가 느끼는 피로와 배고픔도?

그들이 중년 부인 하나가 머뭇거리며 도로를 걸어오는

것을 보았을 때 상황은 최악으로 치달았다. 그녀가 철책문 창살 사이로 얼굴을 들이밀고 들여다보다가 끝내는 문을 열고 미쇼네를 쳐다보며 외쳤다.

「에밀……!」

그것은 당황했다기보다는 완전히 얼이 빠진 미쇼네 부인이었다. 그녀는 주머니에서 손수건을 꺼내며 눈물을 쏟았다.

「또 저년하고……!」

그녀는 연이어 벌어지는 사건들을 감당하지 못해, 마음을 진정시켜 주는 쓰라린 눈물바다로 도피하는 착하고 뚱뚱한 동네 아줌마 같았다.

주변 사람들을 하나씩 둘러보는 엘세의 얼굴에 피어오르는 맑은 총기를 매그레는 재미있다는 듯 바라보았다. 아주 팽팽하고 날카로운, 섬세하고 예쁜 얼굴이 갑자기 되돌아왔던 것이다.

「도대체 우물 속에는 뭐하러 갔었소?」 그가 사람 좋은 표정을 지으며 물었다. 마치 〈이제 그만하지, 응? 우리끼린 더 이상 연극할 필요 없잖아〉라고 말하는 듯했다.

그녀도 알아차렸는지 입술을 옆으로 길게 늘이며 아이러니한 미소를 지었다.

「우리가 독 안에 든 쥐 꼴이 되어 버렸네요!」 그녀가 인정했다. 「다만 지금은 배고프고 목마르고 추워요. 그리고 좀 씻고 싶어요……. 그런 다음에 보도록 하죠…….」

그것은 연극이 아니었다. 정반대로 그녀는 탄성이 나올 만큼 진솔했다.

그녀는 그 무리 가운데 혼자였다. 그런데도 전혀 당황하지 않았다. 그녀는 재미있다는 표정으로, 울고 있는 미쇼네 부인과 딱한 몰골의 미쇼네를 쳐다보고는 매그레를 향해 돌아섰다. 그녀의 눈은 이렇게 말하고 있었다. 〈불쌍한 사람들! 우리는, 그러니까 반장님과 저는 같은 급수죠, 안 그래요? 얘기는 조금 있다 나눠요. 반장님께서 이기셨어요! 하지만 저도 만만치 않았다는 거 인정하세요!〉

그녀는 두려워하지도 거북해하지도 않았다. 연극조의 행동도 찾아볼 수 없었다.

그것은 그들이 마침내 발견한 엘세, 스스로 이러한 폭로를 즐기는 진정한 엘세였다.

「날 따라오시오!」 매그레가 말했다. 「뤼카, 자넨 저 친구를 맡게. ……미쇼네 부인은…… 집으로 돌아가든지 여기 있든지 좋을 대로 하게 하고…….」

「들어오세요! 부담 갖지 마시고……!」

그 방은 검은색 침상, 집요한 향수 냄새, 수채화에 가려진 은닉처가 있는 바로 그 방이었다. 여자도 같은 여자였다…….

「카를은 잘 지키고 있겠죠?」 그녀가 턱으로 부상자의 방을 가리키며 물었다. 「왜냐하면 그가 알면 미쇼네보다 더 미쳐 날뛸 테니까요! ……파이프 담배 피우셔도 돼요…….」

그녀는 대야에 물을 붓고, 마치 세상에서 가장 자연스러운 일인 듯 아무렇지도 않게 드레스를 벗었다. 슬립 차림으로 오락가락하는 그녀에게는 부끄러움도 도발의 낌새도 없었다.

매그레는 세 과부 집을 처음 방문했던 때를, 영화 속 요부처럼 신비롭고 아득하게 느껴지던 엘세를, 그녀가 성공적으로 연출했던 그 관능적이고 나른한 분위기를 떠올렸다.

부모의 성, 하녀와 여자 가정교사들, 아버지의 엄격함에 대해 얘기할 때도 그녀는 이미 타락한 아가씨였을까?

이제 연극은 끝이었다! 몸짓 하나가, 드레스를 벗고 세수를 하기 전에 거울을 바라보는 방식이 그 모든 말보다 훨씬 더 웅변적이었다.

그녀는 솔직하고 천박하며 건강하고 교활한 아가씨였다.

「저한테 깜빡 넘어갔다는 거 인정하세요!」

「그리 오랫동안은 아니었지……!」

그녀가 수건 끝으로 얼굴을 닦았다.

「허세를 부리시는군요……. 어제 여기 오셨을 때만 해

도 제가 한쪽 젖가슴을 살짝 드러냈을 때 그 큰 덩치를 하고 이마에 축축이 땀을 흘리며 마른침을 꼴깍 삼키셨잖아요……. 물론 지금이야 아무렇지도 않으시겠지만……. 그렇다고 제가 그때보다 못하지는 않잖아요…….」

그녀는 허리에 손을 올려놓고 짝다리를 짚으며 거의 벌거벗다시피 한 자신의 유연한 몸을 흐뭇한 눈길로 바라보았다.

「우리끼리 얘긴데, 무엇 때문에 의심하기 시작하셨어요? 제가 실수라도 저질렀나요?」

「여러 가지…….」

「어떤 거요?」

「예를 들면, 〈성〉이나 〈정원〉이란 말을 너무 많이 한 것……. 정말로 성에 사는 사람은 오히려 〈집〉이나 〈마당〉이라고 하지…….」

그녀가 옷장의 커튼을 걷고 드레스들을 바라보며 망설였다.

「당연히 절 파리로 데려가실 거죠! 사진 기자들이 몰려들 텐데……. 이 녹색 드레스, 어떻게 생각하세요?」

그녀가 어떤지 보려고 그 옷을 자기 몸에 대봤다.

「아냐! 나는 검은색이 제일 잘 어울려……. 불 좀 주시겠어요?」

그녀가 깔깔대며 웃었다. 그녀가 담뱃불을 붙이러 다

가가자 매그레가 살짝 당황하는 기색을 보였으니까. 그녀가 또다시 분위기를 은밀하고 에로틱하게 만드는 데 성공했던 것이다.

「아이 참! 저 옷 입을게요……. 야시시하죠, 안 그래요?」

속어조차 그녀가 말하면 외국어 억양 때문에 특별한 맛이 났다.

「언제부터 카를 안데르센의 정부였소?」

「전 정부가 아니에요. 전 그의 아내예요.」

그녀가 눈썹을 칠하고, 뺨에 분홍색 분을 발랐다.

「덴마크에서 결혼했소?」

「아직 아무것도 모르시는군요! 제가 입을 열 거라고 기대하진 마세요. 그러면 게임이 재미없어지니까……. 게다가 반장님께서는 절 오래 붙들고 있지 못하실 거예요. 체포된 다음에 얼마나 있어야 인체 측정실로 넘어가죠?」

「당신은 곧바로 넘어갈 거요.」

「반장님께는 안된 일이네요! 인체 측정실에 가면 제 본명이 베르타 크륄이고, 코펜하겐 경찰이 저에게 수배령을 내린 지 3년도 더 됐다는 사실이 알려질 테니까요. 덴마크 정부는 범죄인 인도를 요구할 거예요. ……자! 전 준비됐어요. 이제 제가 뭘 좀 먹을 수 있게 허락해 주시면 좋겠네요. 이 방에서 곰팡내 안 나나요?」

그녀가 창을 향해 걸어가더니 창문을 열었다. 그러고

는 문이 있는 쪽으로 돌아왔다. 매그레가 먼저 문턱을 넘었다. 바로 그 순간, 그녀가 갑자기 안에서 문을 닫더니 빗장을 걸어 잠갔다. 그러고는 후닥닥 창 쪽으로 달려가는 발소리가 들려왔다.

매그레의 몸무게가 10킬로그램만 덜 나갔어도 그녀는 무사히 달아났을 터였다. 그는 4분의 1초도 망설이지 않았다. 빗장이 걸리자마자, 그는 온 체중을 실어 문짝으로 돌진했다.

문짝은 단번에 떨어져 나갔다. 문짝과 함께 경첩과 자물쇠도.

그녀는 창턱에 걸터앉아 있었다. 그녀가 망설였다.

「너무 늦었어!」 매그레가 말했다.

그녀가 탈출을 포기하고 되돌아왔다. 숨을 약간 헐떡이는 그녀의 이마에는 땀방울이 송골송골 맺혀 있었다.

「우아해 보이려고 기껏 골랐는데!」 그녀가 찢어진 드레스를 가리키며 빈정거렸다.

「더 이상 달아나려 하지 않겠다고 약속해 주겠소?」

「아뇨!」

「그렇다면 미리 말해 두는데, 조금이라도 의심스러운 움직임을 보이면 쏘겠소…….」

그때부터 그는 권총을 손에 계속 쥐고 있었다.

카를의 방문 앞을 지나가면서 그녀가 물었다.

「그가 회복될 거라고 생각하세요……? 총알 두 발을 맞았죠, 아닌가요?」

매그레는 그녀를 관찰했다. 그 순간, 아무리 매그레라도 그녀에 대해 판단을 내리기란 어려웠으리라. 그는 그녀의 표정과 목소리에서 연민과 앙심을 동시에 감지했다고 생각했다.

「자업자득이지 뭐!」 죄책감을 떨쳐 버리기 위해서인 양 그녀가 결론지었다. 「집에 먹을 게 남아 있으면 좋으련만…….」

매그레는 그녀를 따라 부엌으로 갔다. 벽장을 뒤지던 그녀가 마침내 바닷가재 통조림 하나를 찾아냈다.

「좀 따주지 않으실래요? ……염려 놓으셔도 돼요. 그 틈을 이용해 달아나지 않겠다고 약속드릴게요.」

두 사람 사이에는 묘하게도 서로 마음이 통하는 구석이 있었다. 매그레는 그 점을 높이 사지 않을 수 없었다. 각자 속셈은 따로 있어도 그들 사이에는 내밀한 뭔가가 존재했다.

엘세는 이 온화한 뚱보 아저씨와 게임을 즐기고 있었다. 비록 그에게 덜미를 잡히긴 했지만, 놀라운 배짱으로 그를 놀라게 했다고 자부하고 있었다. 한편, 매그레는 규범을 훌쩍 벗어나, 좀 과하다 싶은 그 친밀함을 즐기고 있었다.

「자, 어서 먹어요······.」

「벌써 출발해요?」

「그건 나도 모르겠소.」

「우리끼리 얘긴데 반장님께선 뭘 알아내셨어요?」

「중요할 것 없잖소······.」

「그 멍청이 미쇼네도 데려가실 거예요? ······저를 가장 오싹하게 만든 것도 그였어요. 아까 우물에서는 정말 저 세상 가는 줄 알았다니까요······. 그 사람, 눈은 툭 튀어나와 가지고······ 목을 얼마나 세게 조르던지······.」

「당신, 그의 정부였소?」

그녀가 어깨를 으쓱했다. 그런 세세한 사실 따윈 전혀 대수롭지 않다는 듯.

「그럼 오스카 씨는······?」 매그레가 말을 이었다.

「오스카 씨가 뭐요?」

「그도 정부였소?」

「그야 반장님께서 직접 밝혀내셔야 할 문제고······. 전 절 기다리고 있는 게 뭔지 정확하게 알고 있어요······. 전 덴마크에서 무장 강도 공모와 공무 집행 방해로 5년 형을 살게 될 거예요······. 여기 총에 맞은 것도 그때 거기였어요······.」

그녀가 오른쪽 젖가슴을 가리켰다.

「나머지는 여기 분들이 알아서 푸셔야 할 거예요!」

「이자크 골드베르그는 어디서 알았소?」

「저 안 넘어가요…….」

「하지만 결국 입을 열어야 할 텐데…….」

「반장님께서 어떻게 제 입을 열게 하실 생각인지 궁금하네요…….」

집에 남아 있는 빵이 없었기 때문에 그녀는 빵 없이 바닷가재만 먹어 가며 대답했다. 거실에서 형사가 안락의자에 널브러져 있는 미쇼네를 감시하며 오락가락하는 소리가 들려왔다.

자동차 두 대가 철책 문 앞에 동시에 멈춰 섰다……. 문이 열리고, 차들이 정원으로 들어와 건물을 우회하더니 테라스 층계 앞에 정지했다.

첫 번째 차에는 형사 하나, 군경 둘, 그리고 오스카 씨 부부가 타고 있었다.

다른 차는 파리에서 내려온 택시였는데, 형사 하나가 세 번째 인물을 감시하고 있었다.

모두 손목에 수갑을 차고 있었지만, 눈이 벌겋게 충혈된 정비소 사장의 아내를 빼고는 담담한 표정을 유지하고 있었다.

매그레가 엘세를 거실로 데려갔다. 미쇼네가 다시 한 번 그녀에게 달려들려고 했다.

형사들이 체포된 자들을 데리고 들어왔다. 오스카 씨

는 그저 이웃을 방문하는 사람처럼 전혀 주눅 들지 않은 태도를 보였지만, 엘세와 보험업자를 보고는 인상을 찌푸렸다. 이탈리아계로 보이는 세 번째 인물이 허세를 부리려 들었다.

「이런, 세 지붕 가족이 다 모였네! ……결혼식을 위해서요, 유언장 개봉을 위해서요……?」

형사가 매그레에게 설명했다.

「운이 좋아 별 피해 없이 저들을 체포할 수 있었습니다……. 에탕프를 지나면서 군경 둘을 태웠는데, 연락을 받고 비상근무를 섰지만 저들의 차가 지나가는 것을 보고도 세우지는 못했다고 하더군요……. 오를레앙에서 50킬로미터 정도 떨어진 곳에서 저놈들의 차 타이어에 펑크가 났습니다. 저들이 도로 한가운데 멈춰 서서 우리에게 총을 겨눴죠……. 정비소 사장이 먼저 마음을 바꿔 먹었어요……. 안 그랬으면 한바탕 살벌한 총격전이 벌어졌을 겁니다…….

우리가 다가가는데…… 저 이탈리아 놈이 브라우닝 두 발을 쐈습니다……. 맞히진 못했지만요…….」

「이런, 이런! 반장님이 저희 집에 오셨을 때는 제가 마실 것을 대접했는데……. 목이 말라 죽을 지경인데 물 한 잔 안 내오시고…….」 오스카 씨가 말했다.

매그레가 정비소에 묶여 있는 기계공을 데려오게 했

다. 그러고는 사람 수를 세어 보는 눈치였다.

「자, 다들 벽에 가서 서시오!」 매그레가 명령했다. 「미쇼네, 당신은 저쪽으로……. 슬그머니 엘세에게 접근하려 들지 말고…….」

보험업자가 매그레에게 악의에 찬 눈길을 날리고는 줄 한쪽 끝에 가서 섰다. 콧수염은 축 늘어져 있었고, 주먹으로 얻어맞은 눈은 퉁퉁 부어 있었다.

그다음은 전깃줄에 손목이 묶인 기계공. 그다음은 침통한 표정을 짓고 있는 정비소 사장의 말라깽이 아내. 그다음은 너무 헐렁한 바지 주머니에 손을 넣지 못해 난처해하고 있는 정비소 사장. 그다음은 엘세. 그리고 끝으로 손등에 벌거벗은 여자 문신이 있는, 조직의 행동 대장으로 보이는 이탈리아인.

매그레가 흡족한 듯 입술을 삐죽 내민 채 천천히 그들을 하나씩 훑어보고는 파이프에 담배를 채우고 테라스 층계 쪽으로 걸어가더니 창 겸 문을 열면서 외쳤다.

「뤼카, 저 사람들의 성, 이름, 직업, 주소지를 받아 놔. 다 끝난 후에 날 부르게!」

그들 여섯은 모두 벽을 등지고 줄지어 서 있었다. 뤼카가 엘세를 가리키며 물었다.

「저 여자도 수갑을 채워야 하나요?」

「당연한 거 아냐……?」

그러자 그녀가 발끈했다.

「너무해요, 반장님……!」

정원은 햇살로 가득했다. 새 수천 마리가 지저귀고 있었다. 지평선 저 멀리, 마을의 작은 종탑 꼭대기에 선 수탉[12]이 마치 금으로 만들어진 것처럼 반짝거렸다.

12 수탉은 프랑스를 상징하는 동물이다. 프랑스에서는 건축물 꼭대기에 수탉 모양 장식을 세우곤 한다.

10
사건의 진상

매그레가 활짝 열어 놓은 창 겸 문을 통해 봄기운이 훅훅 끼쳐 들어오는 거실로 돌아갔을 때, 뤼카는 군대 내무반 점호를 연상시키는 분위기 속에서 신원 확인을 위한 심문을 끝내 가고 있었다.

체포된 자들이 여전히 벽을 등지고 줄지어 서 있었지만, 대열이 많이 흐트러져 있었다. 오스카 씨, 기계공 조조, 그리고 이탈리아인 구이도 페라리, 적어도 이 세 사람은 경찰에 조금도 주눅 들지 않는 모습을 보였다.

오스카 씨가 뤼카에게 읊었다.

「직업은 기계공 겸 정비소 사장. 전직 프로 권투 선수라고 덧붙이쇼. 선수 자격증 취득은 1920년. 1922년 미들급 파리 챔피언⋯⋯.」

형사들이 새로운 인물 둘을 더 데려왔다. 그들은 여느 아침처럼 일을 하기 위해 막 도착한 정비소 직공들이었다. 그들 역시 다른 사람들과 함께 벽에 세워졌다. 그중 한 명, 고릴라처럼 생긴 사내는 질질 끄는 목소리로 이렇게 묻고는 입을 다물었다.

「어떻게 된 겁니까? 웬인 겁니까……?」

그들은 선생님이 잠시 자리를 비운 교실의 아이들처럼 동시에 떠들어 댔다. 팔꿈치로 옆 사람을 툭툭 쳐가며 농담을 하기까지 했다.

미쇼네만 어깨를 움츠린 채 처량하고 심통이 난 모습으로 마룻바닥만 뚫어지게 내려다보고 있었다.

한편, 엘세는 거의 공모자의 눈길로 매그레를 바라보고 있었다. 비록 형사와 피의자 사이긴 했지만 그들은 서로 마음이 아주 잘 통하지 않았던가? 오스카 씨가 썰렁한 말장난을 감행했을 때 그녀는 반장을 향해 가볍게 웃어 보이기까지 했다.

말하자면, 그녀는 자신이 그 무리와는 급이 다르다고 여기고 있었다!

「이제 다들 좀 조용히 하시오!」 매그레가 소리쳤다.

그런데 바로 그 순간, 작은 승용차 한 대가 테라스 층계 발치에 멈춰 섰다. 잔뜩 멋을 부려 차려입은 한 남자가 팔 아래에 가죽 가방을 낀 채 바쁜 표정으로 내렸다. 서둘러 층계를 오른 그가 갑자기 맞닥뜨린 거실의 분위기에 몹시 놀란 표정으로 줄지어 선 사람들을 훑어봤다.

「부상자는……?」

「자네가 좀 맡아 주겠나, 뤼카?」

그는 카를 안데르센 때문에 호출을 받은 파리의 유명 외과의였다. 그가 근심 어린 표정으로 뤼카를 따라갔다.

「너, 저 양반 상판대기 보고 의사란 거 알았어?」

눈썹을 찡그린 건 엘세뿐이었다. 눈동자의 푸른색이 약간 흐려져 있었다.

「조용히 하라고 했잖아!」 매그레가 호통을 쳤다. 「농담은 이따가 하고……. 적어도 당신들 중 하나는 목을 내놔야 할 가능성이 크다는 거, 다들 잊은 것 같군…….」

그의 눈길이 천천히 열을 훑었다. 그가 한 말이 기대했던 효과를 발휘했다.

햇살은 여전했고 봄기운이 완연했다. 정원에서는 새들이 계속 재잘거렸고, 나뭇잎 그림자가 통로에 깔린 자갈 위에서 계속 하늘거리고 있었다.

하지만 거실에서는 입술들이 더욱 바싹 말라 가고, 눈길들이 점차 자신감을 잃어 가는 듯했다.

그 와중에도 미쇼네만은 신음을 내뱉었다. 하지만 저도 모르게 낸 소리에 자기가 가장 먼저 깜짝 놀라더니 황망히 고개를 돌렸다.

「다들 무슨 말인지 알아들은 것 같군!」 매그레가 뒷짐을 쥐고 방 안을 왔다 갔다 하며 말을 이었다. 「자, 우리 이제 협조해서 시간을 아끼도록 합시다. 우리가 여기서 성공 못 하면 오르페브르 가에 가서 계속할 겁니다. 그곳 분위기는 다들 잘 알 것 같은데, 안 그렇소? ……좋아요! ……그럼 첫 번째 범죄. 이자크 골드베르그가 가슴에 대고 쏜 총에 맞아 살해되었소. 골드베르그를 세 과부 교차로로 데려온 게 누굽니까?」

머리 위에서 외과의의 발소리가 들려오는 동안, 그들은 하나같이 입을 굳게 다문 채 사나운 눈길로 서로를 노려보았다.

「후딱 해치웁시다! 다시 말하지만, 심문은 뾰족탑에서 계속 이어질 거요. 거기서는 하나씩 불러서 족칠 테니 알아서들 하시오. 골드베르그는 안트베르펜에 있었소. 그는 세탁해야 할 2백만 프랑 상당의 다이아몬드를 가지고 있었소. ……누가 이번 사건의 발단을 제공했소?」

「제가 그랬어요!」엘세가 말했다. 「골드베르그는 코펜하겐에서 알았어요. 그가 보석 전문 장물아비라는 걸 진작부터 알고 있었죠. 런던에서 발생한 보석 도난 사건 기사와 사라진 다이아몬드들이 안트베르펜에 있을 거라는 추측 기사를 신문에서 읽었을 때, 전 틀림없이 골드베르그가 관련돼 있을 거라고 생각했어요. 그래서 오스카에게 귀띔해 줬고요……」

「시작이 좋군!」오스카가 으르렁거렸다.

「골드베르그에게 편지를 쓴 건 누구요?」

「그것도 저 여자예요…….」

「계속합시다……. 그는 밤중에 도착했소……. 그때 정비소에는 누가 있었소? 특히 그를 살해하는 임무는 누가 맡았소?」

침묵. 층계에서 뤼카의 발소리가 들려왔다. 그가 한 형사에게 말했다.

「아르파종으로 달려가서 선생님을 보좌할 아무 의사나 하나 데려오게. 장뇌가 함유된 기름도 구해 오고……. 알겠나?」

매그레가 눈썹을 찌푸린 채 벽에 늘어선 사람들을 노려보는 사이, 뤼카는 위층으로 돌아갔다.

「자, 이제 좀 더 오래전으로 거슬러 올라가 봅시다. 그게 더 간단할 것 같으니……. 어이, 당신, 언제부터 여기서 장물아비 노릇을 했소?」

반장이 오스카를 뚫어지게 노려보았다. 오스카에게는 그 질문이 이전 것들보다는 대답하기가 훨씬 덜 난감한 듯 보였다.

「옳거니! 제대로 짚으셨네! 내가 한낱 장물아비에 불과하다는 걸 반장님 입으로 직접 실토하시는군!」

그는 딴청 피우기의 귀재였다. 그가 함께 서 있는 사람들을 번갈아 쳐다보며 그들의 입술에 미소가 번지게 하려고 애썼다.

「제 아내와 저는 무지렁이나 다름없는 사람들이에요. 안 그래, 마누라? 아주 간단해요……. 전 권투 선수였어요. 1925년에 타이틀을 잃었고, 사람들이 저에게 제공한 건 장이 서는 푸아르뒤트론의 가건물에 있는 가게 자리 하나가 다였어요! ……저에겐 새 발의 피에 불과했죠! ……이런저런 사람들과 교제를 했는데…… 그중에, 2년 뒤에 체포되긴 했지만, 당시에 카랑부유[13]로 떼돈을 번 친구가 하나 있었어요…….

저도 그걸 한번 해보고 싶더라고요……. 하지만 어렸을 때부터 기름밥을 먹고 자란 터라 정비소부터 물색했죠. 제 속셈은 차, 타이어, 장비를 맡았다가 몰래 팔아먹고 감쪽같이 사라지는 거였어요. 단단히 한몫 잡아서 여생이나 즐길 심산이었다고나 할까!

다만, 제가 너무 늦게 발을 들여놨어요……. 큰 업체들이 물건을 외상으로 주기 전에 두 번씩 들여다보니 어떻게 해볼 도리가 있어야죠…….

근데 어느 날 누가 변조해 달라며 훔친 차를 끌고 왔어요……. 바스티유 광장의 한 선술집에서 알게 된 자였죠……. 그게 얼마나 식은 죽 먹기인지 보통 사람들은 상상도 못 해요!

13 외상으로 물건을 사서 현금을 받고 팔아 치우는 사기 수법.

그래서 그 친구와 손을 잡기로 마음먹었죠……. 이웃이 거의 없으니 이 자리가 안성맞춤이었거든요……. 열 대, 스무 대가 왔어요. ……그러다 어느 날 차 한 대가 도착했는데, 아직도 눈에 선해요……. 부지발 인근의 한 저택에서 훔친 은 제품이 가득 들어 있었거든요……. 전 그 것들을 모두 감췄어요. 그리고 에탕프, 오를레앙, 심지어 더 먼 곳에 있는 골동품 상인들과도 거래를 텄죠……. 그러면서 점점 상습적으로 변해 갔어요. 노다지나 다름없었으니까…….」

　그가 기계공을 돌아보며 물었다.

　「타이어 속에 꼬불쳐 둔 거 들통 났어?」

　「아무렴요!」 기계공이 한숨을 쉬었다.

　「너, 전깃줄에 묶인 꼬락서니 되게 웃기는 거, 알아? 통닭구이 되려고 전기가 흐르길 기다리고 있는 것 같아……!」

　「이자크 골드베르그는 자기 미네르바를 타고 이곳에 도착했어…….」 매그레가 말을 끊었다. 「누군가 그를 기다리고 있었지. 헐값으로라도 그에게서 다이아몬드를 사는 게 아니라 강탈하는 게 문제였으니까……. 그리고 그 문제를 해결하려면 그를 없애야만 했어……. 따라서 정비소에는, 정확히 말하자면, 그 뒤편에 있는 집에는 사람들이 모여 있었어…….」

　완벽한 침묵! 매그레가 정곡을 찔렀던 것이다. 반장은

또다시 면면을 훑어봤고, 이탈리아인의 이마에 땀 두 방울이 흐르는 것을 보았다.

「살인자는 너지, 아냐?」

「아니에요! 그건…… 그건…….」

「그건 누구지……?」

「그건 저들이에요……. 그건…….」

「거짓말!」 오스카가 부르짖었다.

「살해 임무는 누가 맡았지?」

그때 정비소 사장이 몸을 흔들어 대며 말했다.

「저 위에 있는 작자요!」

「다시 말해 봐!」

「저 위에 있는 작자요!」

하지만 목소리에 이미 확신이 없었다.

「너, 이리 와봐!」

매그레는 엘세를 가리켰다. 그는 어떻게 하든 전체가 완벽한 조화를 이루리라는 것을 잘 알고는 다양한 악기 하나하나에 명령을 내리는 오케스트라 지휘자처럼 자신만만이었다.

「너, 코펜하겐에서 태어났지?」

「반장님께서 말을 놓으시니, 다들 우리가 같이 잔 줄 알겠어요…….」

「대답이나 해…….」

「함부르크에서요!」

「아버지는 뭘 했어?」

「부두 하역 인부요…….」

「아직 살아 있나?」

그녀가 머리끝에서 발끝까지 부들부들 떨었다. 그러고는 당혹감과 자부심이 뒤섞인 눈길로 동료들을 쳐다보았다.

「뒤셀도르프에서 목이 잘렸어요.」

「어머니는?」

「술에 절어 살고 있어요…….」

「코펜하겐에서는 뭘 했지?」

「한 선원의 정부였어요……. 한스! 함부르크에서 만난 멋쟁이인데 절 코펜하겐으로 데려왔죠……. 그는 범죄 조직에 있었어요……. 어느 날, 그들이 은행을 털기로 결정했어요. 치밀하게 계획을 짰죠. 하룻밤에 수백만을 챙길 수 있는 일이었으니까……. 전 망을 봤어요. 하지만 배신자가 있었죠. 은행 안에서 남자들이 금고를 따기 시작한 순간, 경찰이 저희를 포위했거든요…….

칠흑 같은 밤이었어요……. 아무것도 안 보였죠……. 우리는 뿔뿔이 흩어졌어요. 총성과 비명이 울려 퍼지고 추격전이 벌어졌어요. 전 가슴에 총을 맞고 죽어라 달리기 시작했어요……. 경찰 둘이 절 붙들었어요. 전 하나는 물어뜯고…… 다른 하나는 배를 걷어차서 그들의 손을 벗어났어요.

하지만 그들은 계속 제 뒤를 쫓아왔어요. ……그때 웬 정원의 담장이 보이더군요. ……전 그 위로 기어 올라갔어요. 담장 너머로 그대로 떨어졌는데, 정신을 차리고 보니 아주 우아하고 키가 큰 상류 사회 청년이 경악과 연민이 어린 눈길로 절 내려다보고 있더군요…….」

「안데르센?」

「그건 그의 본래 성이 아니에요……. 괜찮겠다 싶으면 그가 반장님께 직접 밝힐 거예요. 널리 알려진 성이거든요……. 왕실을 무시로 드나들고, 1년의 반은 덴마크에서 가장 아름다운 성 중 하나에서, 나머지 반은 정원이 도시의 한 구역 전체만큼이나 넓은 대저택에서 보내는 사람들요.」

그들은 형사 하나가 뇌졸중 체질의 키 작은 남자 하나를 대동하고 들어오는 것을 보았다. 그는 외과의가 요청한 의사였다. 남자는 이 이상한 모임을 발견하고는, 특히 거의 모든 손목에 수갑이 채워진 것을 보고는 움찔하며 뒷걸음질 쳤다. 형사가 서둘러 그를 위층으로 데리고 갔다.

「어디, 계속해 보시지…….」

오스카가 빈정거렸다. 엘세가 그에게 사납고 증오에 찬 눈길을 날렸다.

「저들은·이해 못해요……」그녀가 중얼거렸다. 「카를은 부모님 저택에 절 숨겨 줬어요. 그리고 의학을 공부하는 친구와 함께 절 직접 치료해 줬죠. 그는 비행기 사고로 한쪽 눈을 잃은 상태였어요……. 그때 이미 외알박이 안경을 쓰고 있었죠……. 자신이 완전히 흉물이 돼버렸다고 생각했던 것 같아요……. 어떤 여자도 자신을 사랑할 수 없을 거라고, 검은 안경을 벗고 봉합한 눈꺼풀과 유리 눈알을 드러내면 혐오의 대상이 되고 말 거라고 확신하고 있었어요……」

「그가 널 사랑했나?」

「꼭 그런 건 아니에요……. 저도 처음에는 이해할 수 없었어요……. 저 사람들은 — 그녀는 공모자들을 가리켰다 — 절대 이해하지 못할 거예요……. 그는 신교도 집안 출신이에요……. 그의 애초 생각은 그가 말한 대로 한 영혼을 구하는 것이었죠. 그는 저에게 장황하게 훈계를 늘어놓곤 했어요. 성경 구절들을 읽어 주기도 했죠……. 동시에 그는 자기 부모를 두려워했어요……. 그러던 어느 날, 제가 거의 회복되었을 때, 그가 별안간 제 입에 키스를 하고는 달아났어요. 그러곤 한 주 가까이 모습을 드러내지 않았죠. 전 숨어 지내던 하녀 방 천창으로 고개를 숙인 채 고민에 사로잡혀 몇 시간이나 정원을 거니는 그를 봤어요……」

오스카가 대단히 흥미롭다는 듯 자기 허벅지를 철썩 내리쳤다.

「한 편의 소설처럼 아름답구먼! 어디 계속해 봐, 우리 예쁜이……!」

「그게 다예요……. 어느 날 그가 불쑥 찾아오더니 저와 결혼하고 싶다고, 그런데 자기 나라에서는 그럴 수가 없다고, 함께 국외로 떠나자고 말했어요. 그는 마침내 삶을 이해했다고, 앞으로는 무용한 존재로 남아 있지 않고 목표를 가질 거라고 말했어요……. 그게 다라니까요!」

말투가 다시 서민적으로 돌아왔다.

「우리는 네덜란드에서 안데르센이라는 이름으로 결혼했어요. 저야 재미있었죠. 저도 푹 빠졌던 것 같아요……. 그는 저에게 놀라운 것들을 얘기해 줬어요. 저에게 옷은 어떻게 입어야 하는지, 식사는 어떤 자세로 해야 하는지, 어떤 말씨를 써야 하는지 가르쳤죠. 책도 읽게 했어요. 함께 미술관도 가고요…….」

「이봐, 마누라!」 정비소 사장이 아내에게 말했다. 「우리도 힘든 시간 보내고 나서 미술관이나 가자고, 어때? 모나리자 앞에서 손에 손을 맞잡고 어디 한번 황홀경에 빠져 보자고…….」

「우리는 이곳에 자리를 잡았어요.」 엘세가 쉬지 않고

말을 이었다. 「카를이 저의 옛 공모자들을 만나지는 않을까 두려워했거든요. ……부모의 재산을 포기했기 때문에 그는 살기 위해 일을 해야만 했어요. 사람들의 이목을 피하기 위해 저를 누이라고 소개했죠. 하지만 그는 계속 불안해했어요. 누가 철책 문 초인종을 당길 때마다 놀라 소스라치곤 했죠……. 왜냐하면 한스가 감옥에서 탈출하는 데 성공했고, 그 후로 그가 어떻게 됐는지는 아무도 몰랐거든요……. 카를은 절 사랑하고 있어요. 확실해요…….」

「그런데도…….」 매그레가 생각에 잠겨 말했다.

그러자 갑자기 공격적으로 변한 그녀가 소리쳤다.

「반장님도 제 처지였다면 마찬가지였을 거예요! 끝없이 이어지는 외로움……. 오로지 선의, 아름다움, 영혼의 속죄, 주님을 향한 영혼의 고양, 인간의 운명에 관한 대화들뿐……. 그리고 예절 교육! ……게다가 집을 비울 때면, 제가 유혹에 빠질까 두렵다는 구실로 절 방에 가두기까지 했어요……. 사실 그는 질투심에 사로잡혀 있었어요. 저한테 홀딱 빠져 있었던 거예요!」

「이런데도 나한테 눈썰미가 없다고 주장하기만 해봐……!」 오스카가 말했다.

「당신이 어쨌기에?」 매그레가 그에게 물었다.

「진작 알아봤다니까요! ……뻔히 보였거든요! 이 여자의 고상한 태도가 가짜라는 느낌이 팍팍 오더라고요. 한

때는 덴마크인 역시 가짜가 아닌가 하고 의심했죠…….
하지만 남자의 경우는 확신이 들지 않았어요. 그래서 저
여자 주변을 맴돌며 동태를 살피기로 했죠. 그렇게 흥분
할 것 없어, 여보! ……내가 결국에는 늘 당신 곁으로 돌
아온 거, 당신도 잘 알잖아……. 그건 죄다 사업이었어!
……그래서 난 〈눈 하나밖에 없는 놈〉이 출타한 틈을 타
이 집 주변을 어슬렁거렸어요……. 그러다 어느 날 창문
을 통해 대화를 주고받았죠. 저 잘난 체하는 아가씨가 갇
혀 있었으니까……. 저 여자는 일이 어떻게 돌아가고 있
는지 금방 알아차렸어요. 제가 자물쇠 본을 뜨게 저 여자
에게 밀랍 덩이를 던져 줬죠. 다음 달, 우리는 정원 안쪽
에서 만나 사업 얘기를 나눴어요. 어려울 거 없어요…….
저 여자는 그 귀족 나부랭이를 지긋지긋해하고 있었어
요. 원래 심성이 이쪽이랑 가까운 게지, 뭐……!」

「엘세, 그때부터 매일 저녁 카를 안데르센의 수프에 베
로날을 탔던 거야?」 매그레가 천천히 물었다.

「예…….」

「그런 다음 오스카를 만나러 갔고?」

정비소 사장의 아내는 벌겋게 충혈된 눈으로 터져 나
오는 울음을 참고 있었다.

「저들이 절 속였어요, 반장님! 처음에 남편은 저에게
단지 여자 친구일 뿐이라고, 그녀를 그 감옥에서 꺼내 주

193

는 건 좋은 일이라고 주장했어요. 그러면서 밤에 우릴 둘 다 파리로 데려갔죠……. 우린 친구들과 어울려 진탕 먹고 놀았어요……. 전 전혀 눈치를 못 챘어요, 둘이 함께 있는 걸 목격한 날까지는요…….」

「그래서? 내가 무슨 수도사인 줄 알아? 게다가 저 불쌍한 것이 시들시들 메말라 가고 있었다고…….」

엘세는 입을 다물고 있었다. 혼란스러운 눈길, 그녀는 기분이 썩 좋지 않은 듯 보였다.

갑자기 뤼카가 다시 내려왔다.

「집에 알코올 좀 없습니까?」

「알코올은 뭐하게?」

「수술 도구 소독하게요…….」

부엌으로 달려가 병들을 치워 가며 알코올을 찾아 나선 건 엘세였다.

「여기 있어요! 의사들이 그를 살려 놓을까요? ……그가 많이 고통스러워하나요?」

「추접한 년……!」 그때까지 의기소침해 있던 미쇼네가 이를 갈며 으르렁거렸다.

매그레가 그를 똑바로 쳐다보며 정비소 사장에게 물었다.

「이 양반은?」

「아직도 이해를 못 하셨어요?」

「거의 이해했어⋯⋯. 교차로에는 집 세 채가 있고⋯⋯ 매일 밤 묘한 왕래가 있었지⋯⋯. 파리에서 하역을 하고 돌아오면서 장물을 싣고 온 채소 트럭들 말이야⋯⋯. 세 과부 집은 걱정할 필요가 없었어. 하지만 미쇼네의 집이 남아 있었지⋯⋯.」

「게다가 지방을 돌면서 장물을 되팔아 줄, 그럴 듯한 사람도 하나 필요했고요⋯⋯.」

「엘세가 미쇼네를 〈낚는〉 역할을 맡았고?」

「예쁜 아가씨가 그것도 못하면 어떡합니까! 저 양반, 얼씨구나 하고 미끼를 물더군요⋯⋯. 어느 날 밤 엘세가 저 양반을 우리 집에 데려왔어요. 우리가 샴페인으로 꼬드겼죠. 또 한번은 파리로 데려갔는데, 저 사람 아내가 일 때문에 지방을 돌고 있다고 믿고 있는 사이, 저 사람은 우리랑 최고로 질펀한 밤을 보냈어요. 완전히 구워삶은 거죠! ⋯⋯우리는 저 사람에게 양자택일을 하라고 윽박질 렀어요⋯⋯. 가장 웃기는 건 저 양반이 엘세를 유혹하는 데 성공했다고 믿고 중학생처럼 질투를 해대는 거였어요. 웃기지 않으세요⋯⋯? 뒤파엘네 가게 수금원 상판대 기를 하고는⋯⋯!」

그때 위층에서 뭐라 형언할 수 없는 소리가 들려왔다. 매그레는 엘세의 얼굴이 백지장처럼 창백해지는 것을 보았다. 그녀는 위층에서 나는 소리에 귀를 기울이느라 심문에는 더 이상 관심을 가지지 않았다.

외과의의 목소리가 아래층까지 들려왔다.

「꽉 붙들어요…….」

오솔길의 하얀 자갈 위에서 참새 두 마리가 팔짝팔짝 뛰어다녔다.

매그레는 파이프에 담배를 채우면서 줄지어 선 사람들을 다시 한 번 둘러보았다.

「이제 누가 죽였는지 알아내는 일만 남았군……. 조용!」

「전 장물 은닉으로 기껏해야…….」

반장은 신경질적으로 정비소 사장을 툭 쳐서 입을 다물게 했다.

「엘세는 신문을 보고 런던에서 도난당한 2백만 프랑 상당의 보석이 코펜하겐의 범죄단에 속했을 당시 알았던 이자크 골드베르그의 수중에 있다는 사실을 알게 돼……. 엘세는 그에게 편지를 써서 다이아몬드를 좋은 가격에 사들이겠다며 정비소에서 만나자고 제안하지……. 엘세를 기억하는 골드베르그는 아무 의심 없이 자기 차를 몰고 이곳에 도착해…….

당신들은 그를 집으로 맞아들여 함께 샴페인을 마셔……. 혹시 몰라 패거리를 모조리 끌어모았겠지……. 달리 말해, 당신들은 모두 거기 있었어……. 근데 일단 골드베르그를 해치운 다음에 시신을 어떻게 처리할 것이냐, 이게 아주 난제야…….

미쇼네는 신경이 잔뜩 곤두서 있었을 거야. 끔찍한 범죄에 동참하는 게 처음이니까……. 그래서 아마 다들 그에게는 다른 사람들보다 술을 훨씬 많이 따라 줬겠지…….

오스카는 시신을 적당히 먼 곳에 있는 구덩이에 던져버릴 생각이었을 거야……. 근데 엘세가 좋은 아이디어를 내……. 조용! 낮에는 갇혀 살고 밤에는 숨어 지내야 하는 게 지긋지긋했을 테니까……. 덕성, 선의, 아름다움에 대한 연설도! 돈을 한 푼씩 세어 가며 써야 하는 궁핍한 생활 역시 치가 떨렸겠지…….

그래서 엘세는 카를 안데르센을 증오하기에 이르지. 하지만 그가 자신을 잃으니 차라리 죽이려 들 정도로 사랑한다는 걸 알아…….

그녀는 술을 마셔! ……허세를 부려! 그리고 모두가 놀라 자빠질 아이디어를 내놓지……. 범죄를 카를에게 뒤집어씌우는 것! 그래도 그는 그녀를 추호도 의심하지 않을 테지, 사랑에 눈이 멀었으니까……. 안 그래, 엘세……?」

엘세가 처음으로 고개를 돌렸다.

「골드베르그의 미네르바는 손을 본 다음에 어디 먼 곳으로 끌고 가서 되팔거나 버릴 생각이었겠지……. 진짜 범인들이 의심받는 걸 막아야 하니까. 그런데 미쇼네가 덜컥 겁을 집어먹어. 그래서 당신들은 그의 차를 이용하기로 결정해. 혐의를 벗겨 줄 수 있는 가장 좋은 방법이니까……. 당신들은 그에게 제일 먼저 경찰에 신고를 하고, 6기통 새 차가 사라졌다고 호들갑을 떨라고 시켜……. 하지만 경찰이 카를의 집으로 시신을 찾으러 오게 만들어야 했지. 그래서 자동차를 바꿔치기하자는 아이디어가 탄생한 거야…….

당신들은 시신을 6기통 새 차 운전석에 앉혔어. 안데르센은 여느 저녁처럼 약에 취해 깊은 잠에 빠져 있었고. 당신들은 차를 그의 차고로 끌고 갔어. 그러고는 그의 5마력짜리 고물 차를 미쇼네의 차고에 옮겨 놨지…….

당신들은 쾌재를 불렀지. 어떻게 된 영문인지 몰라 경찰이 황당해할 거라면서……! 게다가 금상첨화로, 지나치게 쌀쌀맞은 카를 안데르센은 그 고장에서 반미치광이로 통해……. 농부들은 그의 검은색 외알박이 안경만 보면 질겁하니까…….

사람들은 그를 범인으로 지목할 거야! 이 사건에서는 모든 것이 그의 평판, 그의 모습과 잘 어울릴 만큼 기묘하니까! ……게다가 경찰에 체포된 그가 자신의 정체가 밝혀질 경우 가문에 덮칠 스캔들을 피하기 위해 자살을 하지 않을까……?」

아르파종에서 온 키 작은 의사가 빠끔히 열린 문틈으로 고개를 내밀었다.

「한 사람 더 필요해요. 환자를 붙들려면……. 환자를 재우지 못해서……」

얼굴이 벌겋게 달아오른 것으로 보아 다급한 모양이었다. 정원에 형사가 하나 남아 있었다.

「어서 올라가 봐……!」 매그레가 그에게 외쳤다.

바로 그 순간 그는 가슴에 예기치 못한 충격을 받았다.

11
엘세

그것은 매그레에게 달려들어 발작적인 오열을 터뜨린 엘세였다. 그녀가 울음을 삼켜 가며 애절한 목소리로 말했다.

「전 그가 죽는 거 원치 않아요! ……결코! 전…… 너무 끔찍해요…….」

그 장면이 너무나 인상적이어서, 그녀의 솔직한 심정이 너무나 간절하게 느껴져서 벽을 등지고 선 흉악범들도 빈정거리기는커녕 냉소조차 보이지 않았다.

「저를 위층으로 올려 보내 주세요! ……제발 부탁이에요……. 반장님은 이해 못 하실 거예요…….」

천만에! 매그레는 그녀를 밀쳐 냈다. 그녀는 짙은 색 안락의자로 가서 쓰러졌다. 매그레가 목까지 올라오는 검은 벨벳 드레스를 입은 수수께끼 같은 모습의 그녀를 처음 봤던 바로 그 안락의자였다.

「이제 슬슬 끝내자고! ……미쇼네는 자신의 역할을 훌륭하게 해냈어. 유혈이 낭자한 비극에서 오로지 자신의 6기통 새 차만 생각하는 우스꽝스러운 소시민으로 보이면 되는 것이니만큼 아주 쉽게 역할을 해냈지. 수사가 시작되고…… 카를 안데르센은 체포됐어……. 그런데 그는 자살하기는커녕 도로 풀려났지…….

그는 단 한 순간도 아내를 의심하지 않았어. 앞으로도 결코 그녀를 의심하지 않을 거야……. 명백한 증거를 놓고도 그녀를 변호하겠지…….

그런데 그 와중에 누가 남편을 함정으로 끌어들였는지 알지도 모를, 그래서 경찰에 그 사실을 밝힐지도 모를 골드베르그 부인이 오고 있다는 소식이 전해진 거야……. 다이아몬드 상인을 살해한 자가 들판에 잠복해 이제나저제나 그녀가 도착하길 기다려…….」

반장은 그들을 하나하나 쳐다보고는 서둘러 끝내고 싶다는 듯 어조를 빨리했다.

「살인자는 들판의 진흙이 잔뜩 묻은 채 여기서 발견될 카를의 구두를 신고 있었어. 카를이 범인이라는 증거를 남기고 싶어 안달이 났던 게지! ……어쨌거나 덴마크인이 어서 범인으로 인정되어야 했어. 안 그러면 머지않아 진짜 범인들의 정체가 들통 나게 생겼으니까. 다들 겁에 질려 전전긍긍했겠지…….

201

돈이 떨어진 안데르센은 파리로 가야만 해. 이미 두 건의 살인을 저지른 바로 그 사내가 도로에서 기다리다가 경찰 행세를 하며 카를의 옆자리에 올라타…….

그걸 상상해 낸 건 엘세가 아냐……. 내 생각에는 아무래도 오스카의 작품인 것 같아…….

안데르센에게 추방령이 떨어졌으니 국경까지 배웅해 주겠다고, 혹은 북부 지방의 도시에 사는 어떤 이와 대질 심문을 해야 한다고 말했겠지?

어쨌든 그는 안데르센에게 파리를 그냥 통과하라고 했어. 콩피에뉴 가는 무성한 숲으로 에워싸여 있지. 살인범은 이번에도 총구를 대고 발사해. 아마 뒤쪽에서 오는 차 소리를 들었겠지. 그가 일을 서둘러……. 시신을 구덩이에 던져 버려……. 더 확실히 감추는 것은 돌아오는 길에 하기로 하고…….

무엇보다 시급한 것은 혐의를 피하는 것이었어. 일이 잘됐어……. 안데르센의 차는 벨기에 국경에서 몇백 미터 떨어진 곳에 버려졌어…….

경찰의 필연적인 결론,

〈그는 국외로 달아났다! 따라서 그가 범인이다…….〉

살인범은 다른 차를 타고 돌아와. 근데 죽은 줄 알았던 안데르센이 구덩이에 없는 거야……. 흔적을 보니 아무래도 죽지 않은 것 같아…….

안데르센을 살해하는 임무를 맡은 사내가 파리에서 전화로 오스카에게 그 사실을 알려……. 사내는 오스카가 말리는데도 형사들이 득실대는 이곳으로 돌아오겠다고 고집을 부려…….

엘세에 대한 카를의 사랑은 전설이나 다름없지. 카를이 살아 있다면 돌아올 것이고…… 돌아온다면 아마도 입을 열겠지…….

어서 끝을 내야만 해……. 마음이 급하니 점점 냉정을 잃어……. 오스카는 직접 나서고 싶어 하지는 않아…….

미쇼네를 써먹을 절호의 기회가 아닌가?

엘세에 대한 사랑에 모든 것을 바친 미쇼네에게 마지막 점프를 하게 한다면?

치밀한 계획이 세워지지. 오스카 부부는 이동 장소를 시시콜콜 알려 주면서 보란 듯이 파리로 나들이를 가. 미쇼네는 나를 자기 집으로 불러 자신이 통풍 때문에 꼼짝달싹 못한다는 것을 보여 주지.

탐정 소설을 많이 읽었는지…… 그는 이번 사건에 갖가지 보험 사기 사건을 통해 보고 배운 속임수들을 도입해…….

내가 집을 나서자마자, 그는 얼른 대걸레 자루와 낡은 헝겊 뭉치를 이용해 자신이 의자에 앉아 있는 것처럼 꾸며……. 연출은 완벽해. 바깥에서 보면 전혀 구별이 안 되지. 그리고 겁에 질린 미쇼네 부인은 그 연극에서 자신에게 주어진 역할을 받아들여 커튼 뒤에서 남편을 돌보는 척하지…….

그녀는 이 사건에 여자가 끼어 있다는 것을 알아. 그래서 그녀 역시 질투에 사로잡히지……. 하지만 그녀는 어쨌거나 남편을 구해 주고 싶어. 그가 자신에게 돌아올 것이라는 희망을 간직하고 있으니까…….

그녀 생각이 틀리진 않았어. 미쇼네도 저들이 자신을 데리고 놀았다는 것을 느끼고 있었으니까……. 그는 자신이 엘세를 사랑하는지 증오하는지 더는 알 수 없어져. 그가 아는 건 그녀가 죽어 없어지기를 바란다는 거야.

그는 집과 정원, 모든 탈출구를 알고 있어. 엘세에게 저녁마다 맥주를 마시는 습관이 있다는 것도 모르지 않았지.

그는 부엌으로 들어가 맥주병에 독을 타……. 그러고는 바깥에 숨어 카를이 돌아오기를 기다리지…….

그가 총을 쏴. 지칠 대로 지친 상태에서……. 사방에 형사들이 깔려 있어……. 그는 숨기 위해 오래전부터 바싹 말라 있던 우물로 뛰어들어.

기껏해야 몇 시간 전에 일어난 일이지……. 그사이, 미쇼네 부인은 자기 역할을 해야만 했어. 그녀는 남편한테 지시를 받았거든……. 정비소 주변에서 범상치 않은 일이 벌어지면 파리의 쇼프 생마르탱으로 전화하라는 지시를…….

그런데 내가 정비소에 있었어……. 그녀는 내가 정비소로 들어가는 것을 봤어……. 게다가 내가 총을 여러 발 발사해…….

등을 꺼 놓아, 공모 관계에 있는 차들에게 멈추지 말라고 알려 줘.

전화가 연결돼……. 오스카, 그의 아내, 그리고 그들과 동행한 구이도는 허겁지겁 차에 올라타. 그리고 쏜살같이 지나가면서 권총으로 날 제거하려고 시도해. 내가 뭔가를 눈치챈 것 같은 유일한 인물이니까…….

그들은 에탕프와 오를레앙 쪽 도로를 택했어. 다른 도로로, 다른 방향으로 달아날 수도 있었는데 왜 그랬을까……?

왜냐하면 정비소 기계공한테 예비 타이어를 건네받은 트럭이 그 도로를 달리고 있었으니까……. 그 바퀴에는 다이아몬드가 들어 있었고!

따라서 그 트럭을 따라잡아야 했어. 그런 다음 주머니를 채워 국경을 넘어야 했지…….

그게 다냐고? ……당신들한테 아무것도 묻지 않았으니 조용히들 해! ……미쇼네는 우물 속에 있어. 집 안을 속속들이 아는 엘세는 그가 거기 숨어 있을 거라고 짐작해. 엘세는 자신을 독살하려고 시도한 게 미쇼네라는 걸 알고 있어……. 그녀는 미쇼네한테 환상을 품고 있지 않아. 체포되면 입을 열리라는 걸 알고 있지. 그래서 그와 끝장을 보러 가기로 마음먹어…….

그녀가 아차 하는 사이에 무리한 동작을 취했던 걸까? 어쨌든 그녀는 그와 함께 우물에 들어가게 돼. 그녀는 손에 권총을 쥐고 있어……. 하지만 그가 달려들어 목을 조르지. 한 손으로는 권총을 쥔 그녀의 손목을 붙들고……. 어둠 속에서 사투가 벌어져……. 그 와중에 총알이 발사돼……. 그녀가 죽을까 봐 두려워 자기도 모르게 비명을 질러…….」

매그레가 꺼져 버린 파이프에 불을 붙이기 위해 성냥불을 켰다.

「내 추론에 대해 어떻게 생각하시오, 오스카 씨?」

정비소 사장이 인상을 잔뜩 찌푸린 채 대답했다.

「난 법정에서 나 자신을 변호할 거요. 따라서 지금은 아무 말 않겠소. 아니 그보다 나는 그저 장물아비에 불과하다고 주장하는 바요…….」

「그건 사실이 아냐!」 옆에 서 있던 구이도 페라리가 부르짖었다.

「아주 좋아! 안 그래도 네가 나서길 기다리고 있었어, 어린 친구……. 왜냐하면 총을 쏜 게 너니까! ……그것도 세 번씩이나! 처음에는 골드베르그에게…… 그다음에는 그 부인에게…… 마지막으로 차 안에서 카를에게……. 부인해 봤자 소용없어! ……넌 어느 모로 보나 살인 청부업자가 분명해…….」

「틀렸소……!」

「어허, 얌전히 굴어…….」

「틀렸소! 틀렸단 말이오! 난 그저…….」

「네가 목을 지키려고 광분하지만, 카를 안데르센이 곧 너를 알아볼 거야……. 다른 사람들은 널 놔버릴 거고……. 그들은 기껏해야 도형장행이니까!」

그러자 악에 받친 구이도가 몸을 일으키며 손가락으로 오스카를 가리켰다.

「저 사람이 사주했어요!」

「아무렴!」

매그레가 개입할 새도 없었다. 정비소 사장이 수갑 찬 두 손을 모아 이탈리아인의 머리를 후려치며 고함을 질렀다.

「개 같은 놈! 너, 아주 비싼 대가를 치를 줄 알아…….」

그들 둘은 모두 균형을 잃고 넘어져 바닥을 뒹굴었다. 그러면서도 분을 못 이겨 결박된 손을 상대방을 향해 계속 휘둘러 댔다.

하필이면 그 순간 외과의가 내려왔다.

그는 수술용 장갑에 밝은 회색 수술 모자를 쓰고 있었다.

「죄송하지만…… 여기 반장님이 계신다던데…….」

「접니다…….」

「부상자 말인데요…… 목숨은 구한 것 같습니다……. 하지만 절대적 안정이 필요한 상태예요. 제 병원을 제안했는데…… 보아하니 가능할 것 같지가 않군요. 30분 뒤면 정신이 돌아올 텐데, 그때는 어떻게 좀 조용히…….」

울부짖음. 이탈리아인이 정비소 사장의 코를 물어뜯고 있었고, 사장의 아내가 반장에게 달려왔다.

「빨리요! 저것 좀 보세요!」

매그레는 발길질로 두 사람을 떼어 놓았고, 의사는 혐오스럽다는 듯 입을 삐죽 내밀고 혀를 차며 차에 올라 시동을 걸었다.

미쇼네는 주변을 쳐다보길 피하며 자기 자리에서 조용히 울고 있었다.

그랑장 형사가 와서 알렸다.

「호송차가 도착했습니다…….」

형사들이 범인들을 하나씩 밖으로 밀어냈다. 그들은 더 이상 빈정거리지도 허세를 부리지도 않았다. 호송차 발치에서 이탈리아인과 바로 옆에 있던 정비소 기계공 사이에 또다시 격투가 벌어질 뻔했다.

「도둑놈들……! 불한당들……! 약속받은 돈은 만져 보지도 못하고 이게 뭐야……!」 겁에 질린 이탈리아인이 소리쳤다.

엘세는 마지막까지 남아 있었다. 그녀가 마지못해 햇살 가득한 테라스 층계를 향해 열리는 유리문을 나서려는 순간, 매그레가 그녀를 세우고 물었다.

「어때……?」

그녀가 반장을 향해 돌아서서는, 카를이 누워 있을 천장을 올려다보았다.

그녀가 또다시 감회에 젖어 들지 아니면 욕설을 퍼부을지 알 수가 없었다.

「저한테 뭘 바라세요? ……그의 잘못이기도 해요!」 그녀가 아무렇지도 않은 목소리로 말했다.

제법 긴 침묵이 흘렀고, 매그레는 그녀의 눈을 똑바로 쳐다보았다.

「사실…… 아뇨! 그에 대해 나쁜 말은 하고 싶지 않아요…….」

「말해 봐……!」

「반장님도 잘 아시잖아요……. 그 사람 탓이에요! 그는 거의 미치광이였어요……. 제 아버지가 도둑이었고 제가 범죄단에 속했다는 사실을 알고 그는 큰 충격을 받았어요. 그가 절 사랑한 것도 오로지 그 때문이었죠. 제가 그의 뜻에 따라 조신한 여자가 되었다면, 그는 곧 따분하다면서 저를 차버렸을 거예요…….」

그녀가 고개를 돌리고는 부끄러운 듯 목소리를 낮춰 덧붙였다.

「그래도 그에게 나쁜 일은 안 생겼으면 좋겠어요…….카를은…… 뭐랄까……? 아주 좋은 사람이에요……. 약간 맛이 가긴 했지만……!」

그녀가 미소를 지으며 말을 마쳤다.

「반장님을 또 뵙게 될 것 같네요…….」

「살해 임무를 맡은 게 구이도지, 안 그래……?」

그 질문은 쓸데없는 것이었다. 그녀는 이미 경박스러운 아가씨로 되돌아와 있었다.

「전 그런 미끼는 안 물어요……!」

매그레는 그녀가 호송차에 오를 때까지 눈으로 그녀를 좇았다. 그녀는 호송차에 오르기 전에 세 과부 집을 바라보고, 어깨를 으쓱하고, 자신을 밀치는 군경에게 농담을 던졌다.

「이번 사건을 〈세 실수 사건〉이라고 부를 수 있을 것 같군!」 매그레가 곁에 우두커니 서 있는 뤼카에게 말했다.

「어떤 실수요?」

「우선, 비딱하게 걸린 설경 그림을 바로잡고, 1층에서 담배를 피우고, 스스로 갇혀 있다고 말한 방으로 축음기를 가져가고, 위험을 느끼고는 카를을 옹호하는 척하면서 그를 범인으로 본 엘세의 실수.

그다음은, 창가 의자에 앉아 밤을 지새울 거라는 걸 보여 주려고 날 자기 집으로 부른 보험업자의 실수.

마지막으로, 느닷없이 찾아온 나를 보고는 모든 게 탄로 날까 두려워 다이아몬드가 든, 〈너무 작은〉 예비 타이어 바퀴를 트럭 운전기사에게 건네준 기계공 조조의 실수.

이 실수들이 없었다면……」

「없었다면?」

「엘세 같은 여자가, 자기가 지어낸 거짓말을 스스로 철석같이 믿으면서, 달리 말해, 완벽하게 거짓말을 해댔다면……」

「제 말이 그 말이라니까요!」

「그래! 그녀는 아주 특별한 뭔가가 될 수도 있었을 거야……. 빈민굴 복귀 명령 같은…… 지난 시절의 불꽃이 다시 타오르지 않았다면 말이지……」

카를 안데르센은 한 달가량 사경을 헤맸고, 소식을 접한 가족은 그 기회를 이용해 그를 덴마크로 데려가 정신병원과 아주 흡사한 요양원에 입원시켰다. 따라서 그는 파리에서 재판이 열렸을 때 증인석에 서지 않았다.

예상과는 달리 엘세에 대한 범죄인 인도 요구는 거부되었고, 그녀는 징역 3년 형을 선고받고 생라자르 여성

형무소에 수감되었다.

　석 달 후, 매그레가 안데르센을 만난 것은 그곳 면회실에서였다. 그는 교도소장에게 혼인 증명서를 내보이며 수감자를 면회하게 해달라고 요구하고 있었다.

　그는 조금도 변하지 않은 모습이었다. 오른쪽 어깨가 약간 뻣뻣해 보이는 것 말고는. 검은색 외알박이 안경도 여전히 쓰고 있었다.

　그가 반장을 알아보고는 당황하며 고개를 돌렸다.

　「부모님이 떠나게 내버려 두던가요?」

　「모친이 돌아가셔서…… 제가 상속을 받았습니다.」

　교도소에서 50미터 떨어진 곳에 주차된 리무진은 그의 것이었다. 근사한 복장의 기사가 딸린.

　「그렇다면 계속 그녀를……?」

　「파리에 정착했습니다…….」

　「그녀를 보러 오려고?」

　「제 아내니까요…….」

　아이러니나 연민을 읽게 될까 불안해하며 하나밖에 없는 눈이 매그레의 표정을 살폈다.

　반장은 그와 악수를 나누는 것으로 만족했다.

　믈룅 중앙 형무소, 여자 둘이 잠시도 떨어질 수 없는 친구 사이인 듯 함께 면회실에 도착했다.

　「아주 몹쓸 인간은 아니에요!」 오스카의 아내가 말했

다. 「지나치게 착하고 후할 때도 있어요. 카페 보이에게 팁으로 20프랑을 집어 준다니까요……. 바로 그게 그이를 망쳐 놨죠……. 그리고 여자들이!」

「제 남편 미쇼네는 그 계집을 알기 전에는 고객에게 단한 푼도 손해를 안 입히는 착한 양반이었어요……. 그이가 지난주에 저에게 맹세하더군요, 이제 그 계집은 생각조차 않는다고.」

구이도 페라리는 중죄인 형무소에서 사면 소식을 가져다줄 변호사의 도착을 기다리며 시간을 보내고 있었다. 하지만 어느 날 아침, 간수 다섯이 와서 몸부림치며 소리를 질러 대는 그를 끌고 갔다.

그는 마지막 담배 한 개비와 럼주 한 잔을 거절했고, 사제를 향해 침을 뱉었다.

『교차로의 밤』 연보

제목

La Nuit du carrefour

집필일

1931년 4월

집필 장소

라 페르테 알레 인근 기뉴빌 소재 라 미쇼디에르 호텔

초판 인쇄일

1931년 6월

초판 발행 출판사

Arthème Fayard & Cie

초판 서지 정보

판형 12×19cm, 분량 251면

초판 표지 사진

Lecram

작품 배경

파리, 아르파종

참조 사항

『교차로의 밤』은 영화 기법에서 큰 영향은 받은 작품인 동시에, 심 농의 소설 중 최초로 영화화된 작품이기도 하다. 이 작품을 관통하는 현란하고 절묘한 빛과 어둠의 놀이가 당시 영화인들이 왜 이 소설에 그토록 열광했는지 쉽게 이해할 수 있게 해준다. 허허벌판에 집 세 채만 덩그러니 서 있는 교차로에서는 빛과 어둠뿐 아니라 인물들의 현재와 과거, 사랑과 증오, 외면과 내면, 그리고 희극과 비극이 교차된다.

세계 주요 출간 현황

- 미국 초판: *The Crossroads Murders*(Covici, Friede, 1933), *Maigret at the Crossroads*(Harvest/Harcourt Brace Jovanovich, 1984)
- 영국 초판: *The Crossroads Murders*(Hurst & Blackett, 1933), *Maigret at the Crossroads*(Penguin Books, 1963)
- 이탈리아 초판: *Il mistero del crocevia*(A. Mondadori, 1932)
- 독일 전집: *Maigrets Nacht an der Kreuzung*(Diogenes, 2008)

영화 및 TV 드라마 각색

- 「La nuit du carrefour」(1932), 프랑스, 영화, Jean Renoir 감독, Pierre Renoir 주연
- 「La nuit du carrefour」(1956), 캐나다, TV 드라마, Jean Faucher & Robert Choquette 감독, Henri Norbert 주연
- 「The Crooked Castle」(1962), 영국, BBC, TV 드라마, Rupert Davies 주연
- 「La nuit du carrefour」(1969), 프랑스, TV1, TV 드라마, François Villiers 감독, Jean Richard 주연
- 「La nuit du carrefour」(1984), 프랑스, Antenne2, TV 드라마, Stéphane Bertin 감독, Jean Richard 주연
- 「Maigret et la nuit du carrefour」(1992), 프랑스/벨기에, TV 드라마, Alain Tasma 감독, Bruno Crémer 주연

조르주 심농 연보

1903년 <u>출생</u> 2월 13일 조르주 조제프 크리스티앙 심농Georges Joseph Christian Simenon이 벨기에 리에주 레오폴드 가 26번지에서 보험 회사 직원인 데지레 심농과 앙리에트 브륄 사이의 첫째로 태어남.

1906년 <u>3세</u> 9월 21일, 조르주의 동생 크리스티앙 출생.

1908년 <u>5세</u> 기독교 학교인 앵스티튀 생앙드레 데 프레르에 입학.

1914년 <u>11세</u> 예수회 교도들이 운영하는 생루이 중학교에 입학.

1915년 <u>12세</u> 생세르베 중학교로 전학해, 별 두각을 드러내지 못한 채 3년 동안 다님.

1918년 <u>15세</u> 아버지가 중병으로 쓰러지자 학업을 그만두고, 서점 등에서 이런저런 잡일을 하며 생계를 꾸림.

1919년 <u>16세</u> 벨기에 일간지 「가제트 드 리에주Gazette de Liége」에 입사. 1922년 12월까지 그곳에서 여러 가명으로 약 1천 편의 기사를 씀. 첫 콩트 중 하나인 『미지근한 과일 졸임 그릇Le Compotier tiède』을 씀.

1920년 <u>17세</u> 〈라 카크〉라는 술집을 드나드는 무명 예술가 및 작가

들과 교제하기 시작.

1921년 18세 화가 레진 랑숑을 만남. 심농은 그녀에게 티지Tigy라는 별명을 붙여 주고, 단 12부만 인쇄한 소책자 『우스꽝스러운 사람들Les Ridicules』을 바침. 첫 소설 『아르슈 다리에서Au Pont des Arches』가 조르주 심이라는 이름으로 출간. 11월 28일 아버지 데지레 심농이 44세의 나이로 사망. 심농은 즉시 자원 입대해 군 복무를 하기로 결심함.

1922년 19세 12월 파리 북역에 도착.

1923년 20세 레진 랑숑과 결혼하고 트라시 후작의 비서로 일하기 시작함.

1924년 21세 다소 가벼운 잡지들에 콩트를 쓰기 시작. 이 소설들은 장 뒤 페리, 조르주마르탱 조르주, 곰 귀, 크리스티앙 브륄, 조르주 심 같은 20여 개의 가명으로 출간됨.

1925년 22세 가을이 끝날 무렵 조제핀 바케르를 만남. 그들의 열정적인 관계는 1927년 6월까지 지속됨.

1928년 25세 선박 유람에 관심을 가지기 시작해 〈지네트〉호를 타고 프랑스의 운하와 강들을 유람함. 물길 안내인, 선원, 수문지기, 마부들의 세계에서 많은 영감을 받게 됨.

1929년 26세 주간지 『데텍티브Détective』에 조르주 심이라는 가명으로 퀴즈 식의 짧은 이야기들을 실음. 〈오스트로고트〉호를 타고 유럽 북부 운하들을 둘러봄. 9월 네덜란드의 델프제일 항에서 배를 수리하는 동안 처음으로 〈매그레 반장〉이라는 인물을 구상.

1930년 27세 조르주 심이라는 가명으로 낸 『작품집L'Œuvre』에 매그레 반장을 주인공으로 내세운 이른바 대중적인 소설 『불안의 집 La Maison de l'inquiétude』을 실음. 여세를 몰아 쓴 『수상한 라트비아인Pietr-le-Letton』을 출판인 아르템 파야르에게 보내나 아르템은 시큰둥한 반응을 보임.

1931년 28세 성공을 확신한 심농은 다른 두 편의 매그레, 『갈레 씨, 홀로 죽다*Monsieur Gallet, décédé*』와 『생폴리앵에 지다』를 쓰고, 결국 아르템 파야르에서 출간됨. 2월 20일 이 두 편의 소설이 〈인체 측정 무도회〉란 이름의 출간 기념회에서 소개되어 예상과 달리 큰 성공을 거둠. 그리하여 이해에만 무려 열한 편의 매그레가 출간됨.

1932년 29세 새 매그레 여섯 편이 출간됨. 4월 심농의 소설을 원작으로 한 첫 장편 영화, 장 르누아르의 「교차로의 밤*La Nuit du carrefour*」 개봉. 몇 주 후에는 장 타리드의 「누런 개*Le Chien jaune*」가, 그리고 1933년에는 아리 보르가 매그레 반장 역을 맡은 쥘리앵 뒤비비에의 「타인의 목*La Tête d'un homme*」이 개봉.

1933년 30세 추리 소설 컬렉션에 넣지 않을 첫 번째 작품 『운하의 집*La Maison du canal*』을 본명으로 출간. 그리고 「파리수아르 Paris-Soir」 주관으로 트로츠키와 대담을 나누는 등 여러 편의 르포를 주요 잡지에 게재. 10월 가스통 갈리마르와 출판 계약을 체결.

1934년 31세 소설과 르포를 번갈아 냄. 갈리마르는 『세입자*Le Locataire*』를, 파야르는 수사 시리즈를 마친다는 의미로 간단하게 『매그레*Maigret*』라는 제목을 붙인 열아홉 번째 매그레를 출간.

1935년 32세 세계 일주를 하며 『흑인 구역*Quartier nègre*』과 『일주 *Long cours*』(1936년 출간) 같은, 〈이국적〉 소설들을 씀.

1938년 35세 『지나가는 기차를 바라본 남자*L'Homme qui regardait passer les trains*』, 『라 수리 씨*Monsieur La Souris*』, 『항구의 마리*La Marie du port*』 등 주요 작품 여러 편이 갈리마르에서 출간.

1939년 36세 4월 19일 브뤼셀에서 티지가 첫 아들 마르크를 출산.

1940년 37세 샤랑트앵페리외르 지역 벨기에 피난민 고등 판무관으로 임명됨. 그를 진찰한 한 의사가 앞으로 2~3년밖에 살지 못할 거라는 진단을 내려, 겁을 집어먹은 그는 곧바로 첫 자전적 작품 『나는 기억한다*Je me souviens……*』를 유언 삼아 쓰기 시작함.

1942년 39세 생메스맹르비외에 정착. 『쿠데르 씨의 미망인*La Veuve Couderc*』과, 제목 그대로 매그레 반장이 돌아왔음을 알리는 단편집 『매그레 반장, 돌아오다*Maigret revient*』를 갈리마르에서 출간.

1945년 42세 나치에 부역했다는 혐의로 〈거주지 지정〉을 강요당해 사블돌론에서 지내다가 파리에 몇 달 머문 다음, 염두에 뒀던 미국행을 준비. 10월 티지, 마르크와 함께 뉴욕에 도착. 11월 캐나다 여성 드니즈 위메를 만나 첫눈에 반함. 이 첫 만남은 이듬해 초에 출간된 『맨해튼의 방 세 개*Trois chambres à Manhattan*』에 생생하게 묘사됨. 이 책을 시작으로 이후 그의 모든 작품들은 프레스 드 라 시테 출판사에서 출간됨.

1946년 43세 아내 티지, 정부 드니즈와 함께 자동차로 미국 횡단 시도. 11월 플로리다에 정착. 쥘리앵 뒤비비에가 『이르 씨의 약혼*Les Fiançailles de Monsieur Hire*』을 원작으로 영화 「패닉*Panique*」을 제작함.

1947년 44세 애리조나의 투손으로 이사. 그곳에서 『잃어버린 암말*La Jument perdue*』과 『눈은 더러웠다*La Neige était sale*』를 씀. 투마카코리에 잠시 머문 다음, 1949년 다시 투손으로 돌아감.

1948년 45세 앙드레 지드의 권고에 따라 『나는 기억한다……』의 분량을 늘려 소설화한 『혈통*Pedigree*』을 출간.

1949년 46세 제2차 세계 대전 동안 나치에 부역했다는 혐의를 벗음. 9월 29일 드니즈가 투손에서 둘째 아들 장, 일명 존을 출산.

1950년 47세 티지와 이혼하고 드니즈와 결혼. 코네티컷의 레이크빌에 5년간 정착함. 이 시절 심농은 『에버튼의 시계 수리공*L'Horloger d'Everton*』, 『매그레 반장의 권총*Le Revolver de Maigret*』을 비롯한 스물여섯 편의 소설을 써낼 정도로 왕성한 창조력을 발휘함. 토마 나르세자크가 『괴짜 심농*Le Cas Simenon*』을 출간.

1951년 48세 앙리 드쿠앵이 연출하고 장 가뱅과 다니엘 다리외가 출연한 영화 「베베 동주에 관한 진실La Vérité sur Bébé Donge」 개봉.

1952년 49세 로얄 아카데미 회원으로 임명됨으로써 프랑스와 벨기에로 금의환향.

1953년 50세 레이크빌 인근에서 드니즈가 딸 마리조르주 심농, 일명 마리조를 출산.

1955년 52세 유럽으로 완전히 돌아와 가족과 함께 처음에는 무쟁, 나중에는 칸에 거주함.

1957년 54세 가족과 함께 스위스의 보 주(州)에 있는 에샹당 성에서 살기로 결정. 장 들라누아가 장 가뱅 주연의 「매그레 반장, 덫을 놓다Maigret tend un piège」를 제작. 그는 1959년, 역시 장 가뱅이 주연을 맡은 「매그레 반장과 생피아크르 사건Maigret et l'affaire Saint-Fiacre」도 제작함.

1959년 56세 로잔에서 드니즈가 막내 피에르를 출산. 프레스 드라 시테가 심농이 쓴 몇 안 되는 에세이 중 하나인 『프랑스 여성La Femme en France』을 출간함.

1960년 57세 제13회 칸 영화제 심사 위원장을 맡음. 의학 소설 『곰 인형L'Ours en peluche』 출간.

1962년 59세 드니즈의 하녀 테레자 스뷔를랭과 연인 관계를 맺기 시작. 그녀는 서서히 그의 동반자 자리를 차지하게 됨. 장 피에르 멜빌이 심농의 동명 작품을 영화화한 「페르쇼 가의 장남L'Aîné des Ferchaux」을 제작. 장 폴 벨몽도와 샤를 바넬이 주연을 맡음.

1963년 60세 에샹당을 떠나 로잔 근처의 에팔랭주에 정착. 『비세트르의 고리Les Anneaux de Bicêtre』를 출간.

1966년 63세 9월 3일, 네덜란드 델프제일 항에 매그레 반장 동상이 세워짐.

1967년 64세 심농 전집(72권)이 랑콩트르 출판사에서 출간되기 시작. 1971년 영화화되기도 한 작품 『고양이Le Chat』 출간.

1970년 67세 1929년에 재혼해 조제프 앙드레 부인이 된 어머니 앙리에트 심농이 90세의 나이로 리에주에서 사망. 두 번째 자전적 작품 『내가 늙었을 때Quand j'étais vieux』 출간.

1972년 69세 마지막 본격 소설 『결백한 자들Les Innocents』과 마지막 매그레 『매그레와 샤를 씨Maigret et Monsieur Charles』를 출간. 9월 18일 평소처럼 서류 봉투에 책 제목을 쓴 후 갑자기 이 책을 쓸 수 없다는 것을 깨닫고, 즉시 소설 창작에 마침표를 찍기로 결심.

1973년 70세 더 이상 다른 사람 아닌 자기 자신의 입장에 서기로 결심하고, 녹음기를 장만해 자신에 대해 말하기 시작.

1974년 71세 에팔랭주를 떠나 로잔의 〈라 메종 로즈(장밋빛 집)〉로 이사. 『어머니께 보내는 편지Lettre à ma mère』 출간.

1975년 72세 스물한 편의 〈구술Dictées〉 가운데 첫 두 편, 『남다르지 않은 사내Un homme comme un autre』와 『발자국Des traces de pas』 출간.

1976년 73세 심농 재단을 설립한다는 조건으로 리에주 대학교에 자신이 소장한 문학 자료들을 기증.

1978년 75세 5월 19일 마리조가 권총으로 자살함.

1981년 78세 마지막 〈구술〉 네 편(『우리에게 남은 자유Les Libertés qu'il nous reste』, 『잠든 여인La Femme endormie』, 『낮과 밤Jour et nuit』, 『운명Destinées』), 그리고 그의 작품 중 가장 분량이 많은 『내밀한 회고록Mémoires intimes』을 출간.

1985년 82세 6월 24일 첫 아내 레진 랑숑 사망.

1989년 86세 9월 4일 월요일, 스위스 레만 호숫가, 로잔의 보 리바주 호텔에서 사망.

매그레 시리즈 06 교차로의 밤

옮긴이 이상해는 한국외국어대학교와 동 대학원 불어과를 졸업하고 프랑스 스트라스부르 대학, 릴 대학에서 박사 과정을 수료했다. 옮긴 책으로 베르코르의 『바다의 침묵』, 에드몽 로스탕의 『시라노』, 미셸 우엘벡의 『어느 섬의 가능성』, 샨 사의 『바둑 두는 여자』, 『여황 측천무후』, 파울로 코엘료의 『11분』, 『베로니카, 죽기로 결심하다』, 크리스토프 바타유의 『지옥 만세』 등이 있다. 『여황 측천무후』로 제2회 한국 출판 문화 대상 번역상을 수상했다.

지은이 조르주 심농 옮긴이 이상해 발행인 홍지웅

발행처 주식회사 열린책들 주소 경기도 파주시 교하읍 문발리 499-3 파주출판도시
대표전화 031-955-4000 팩스 031-955-4004 홈페이지 www.openbooks.co.kr
Copyright (C) 주식회사 열린책들, 2011, Printed in Korea.
ISBN 978-89-329-1506-7 03860 발행일 2011년 6월 20일 초판 1쇄
2011년 7월 20일 초판 2쇄

이 도서의 국립중앙도서관 출판시도서목록(CIP)은 e-CIP 홈페이지(http://www.nl.go.kr/ecip)와 국가자료
공동목록시스템 (http://www.nl.go.kr/kolisnet)에서 이용하실 수 있습니다.(CIP제어번호 : CIP2011002267)

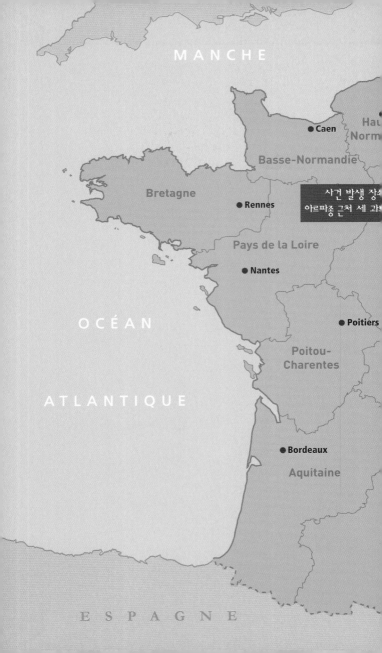

MANCHE

Caen

Hau
Norm

Basse-Normandie

Bretagne

Rennes

사건 발생 장소
아르파종 근처 세 과*

Pays de la Loire

Nantes

Poitiers

OCÉAN

Poitou-
Charentes

ATLANTIQUE

Bordeaux

Aquitaine

ESPAGNE